AF501357

FRÉDÉRIC FORT

PARIS BRULÉ

L'HOTEL DE VILLE — LES TUILERIES — LE LOUVRE
LE PALAIS-ROYAL — LE PALAIS DE JUSTICE
LA LÉGION D'HONNEUR
LES PALAIS DU QUAI D'ORSAY — LA COLONNE VENDOME

L'INCENDIE

PARIS
E. LACHAUD, ÉDITEUR
4, PLACE DU THÉATRE-FRANÇAIS, 4

1871

PARIS BRULÉ

Magnus... seclorum nascitur ordo.

Un jour, — il y a quatre ans — tous les peuples du monde avaient rendez-vous dans la capitale de la France. De l'Orient et du Couchant, des régions du pôle et de l'Equateur, ils accoururent chacun avec ses richesses ; ils contemplèrent, dans leur mutuelle admiration, les produits de la nature et de l'industrie, les merveilles de la science et de l'art.

Mais ils vinrent aussi pour Paris, la ville universelle — disait-on — n'appartenant qu'à elle-même, embrassant le monde entier, à la fois révolutionnaire et conservatrice, le débouché principal et l'entrepôt du talent des nations civilisées, la ville-soleil des sociétés modernes.

Tous ces peuples aspiraient à voir, à visiter, à contempler Paris. On fit pour eux un livre, œuvre d'écrivains triés. L'occasion était bonne, malgré l'exposition des engins de guerre et des instruments de despotisme, pour parler de liberté, de paix universelle, de la fraternité des nations. L'on n'y manqua pas. De son rocher de la Manche, le poëte des *Châtiments* fit une préface ou plutôt un commentaire mis en tête du livre, pages philosophiques d'un ton sibyllin, comme il convenait au poëte et à son rocher. Et, dans ce commentaire, le poëte disait :

Paris fait à la multitude la révélation d'elle-même... La multitude est la nébuleuse qui, condensée, sera l'étoile. — Paris est le condenseur... Il a une patience d'astre mûrissant lentement un fruit. Les nuages passent sur sa fixité. Paris décrète un événement. La France, brusquement mise en demeure, obéit... Sur le conflit de la nation et de la cité, posez la Révolution, voici ce que donne ce grossissement: d'un côté la Convention, de l'autre la Commune. Duel titanique. La Convention incarne un fait définitif, le Peuple; et la Commune incarne un fait transitoire, la Populace. Mais ici laPopulace, personnage immense, a droit... La Commune a droit, la Convention a raison. Et ces deux animosités ont un amour, le genre humain, et ces deux choses ont une résultante, la fraternité... La Convention de France et la Commune de Paris sont deux quantités de révolution. Ce sont deux chiffres; ils ne se combattent pas, ils se multiplient. Il y a plus de civilisation dans la Convention et plus de révolution dans la Commune. Les violences que fait la Commune à la Convention ressemblent aux douleurs utiles de l'enfantement. Un nouveau genre humain est quelque chose.

Et le poëte disait encore :

Il faut la cité dont tout le monde est citoyen.
Le genre humain a besoin d'un point de repère

universel. L'idéal se compose de trois rayons : le vrai, le beau, le grand. Jérusalem dégage le Vrai, Athènes dégage le Beau, Rome dégage le Grand. Paris est la somme de ces trois cités. Le genre humain vient là se concentrer. Le tourbillon des siècles s'y creuse. L'histoire s'y dépose sur l'histoire.

Eh bien ! « la populace sublimée » et la Commune aimée du poëte ont voulu détruire ce livre écrit par les siècles, et, aux sinistres lueurs de l'incendie, révéler le « nouveau genre humain » qu'ils avaient rêvé. De toutes parts, la révolution cosmopolite avait envoyé ses plus dévoués adeptes, ses pionniers les plus déterminés. Le 18 mars, Paris s'est trouvé, presque sans y songer et attendant autre chose, sous la domination de leur puissance occulte ; mais la France, mise en demeure, n'obéit pas cette fois.

La Révolution est restée seule au milieu de la cité terrifiée et, pendant deux mois, elle a préparé l'œuvre promise au nom de la fraternité des peuples, c'est-à-dire de la fraternité des populaces.

Quelques jours, peut-être quelques heures de retard, l'œuvre était accomplie dans son entier, Paris n'existait plus, la ville « de la révélation révolutionnaire » succombait dans le triomphe suprême de la Révolution... Sans histoire, de naissance douteuse, bouillonnant au jour le jour dans les cloaques de la Société, la Révolution incarnée dans la Commune de Paris voulait effacer l'histoire.

Le livre a été sauvé; mais que de pages, et non les moins belles, lacérées et dévorées par les flammes !

Chantez maintenant, ô poëte ! vos héros se sont montrés. Appelez la France et le monde; la France et le monde liront à travers la ville mutilée ce que les annales n'ont jamais enregistré, ce que les barbares, même les Vandales et les Huns, n'ont pas égalé.

Ces ruines sont éloquentes. Pendant qu'elles sont fumantes encore, il ne sera peut-être point inutile d'en conserver la mémoire à ceux qui ne les verront pas. Et pour ceux mêmes qui le sont vues ou qui les verront, il ne sera peut-être pas sans intérêt de rappeler quelle histoire couvraient ces pierres où palpitait en quelque sorte la vie de la patrie française.

Puissent ces souvenirs des jours mauvais, et ces impressions venues dans la tempête, aider à comprendre et à bien choisir.

I

L'INCENDIE

La Commune victorieuse aurait-elle épargné Paris? Il est permis d'en douter. La démolition de la colonne Vendôme était la préface du livre ensanglanté que la Commune voulait écrire. D'après le *Père Duchêne*, confident des pensées intimes de ces Vandales, ce n'était « que le commencement de la besogne... »

Sur les débris de la colonne, les citoyens

Miot et Ranvier avaient fait entendre ces paroles :

Jusqu'ici, notre colère ne s'est exercée que sur des choses matérielles ; mais le jour approche où les représailles seront terribles et atteindront cette réaction infâme qui cherche à nous écraser.

La colonne Vendôme, la maison de Thiers, la Chapelle expiatoire ne sont que des exécutions matérielles ; mais le tour des traîtres et des royalistes viendra inévitablement, si la Commune y est forcée.

Renverser tous les monuments de la réaction, tuer tous les hommes de la réaction ! Quel beau rêve !

Toute illusion à cet égard était donc inutile : Paris était destiné à la pioche et aux fusillades par arrêt de l'*Internationale.*

Le lendemain du 4 septembre, je causais réforme sociale avec un des fondateurs de cette association. Il n'était point partisan, disait-il, des révolutions violentes, toujours suivies de réaction. Aussi bien, il admirait le mouvement qui, par la force des choses, venait de renveser l'empire sans répandre une goutte de sang. Mais il faudrait, ajoutait-il, faire disparaître toutes les pierres, tout ce qui, de près ou de loin, pouvait rappeler le souvenir de la monarchie et réduire ses partisans à l'impuissance, au moins en les éloignant. — Cette opinion était évidemment la doctrine même de la Société funeste dont la Commune était l'esclave.

La Commune, voyant s'avancer le châtiment, rassembla les moyens de détruire en grand. Le 16 mai, l'arrêté suivant était placardé sur les murs de Paris :

« Le membre de la Commune délégué aux services publics

ARRÊTE :

« Tous les dépositaires de pétrole ou autres huiles minérales devront, dans les quarante-huit heures, en faire la déclaration dans les bureaux de l'éclairage, situés place de l'Hôtel-de-Ville, 9. »

Cette affiche, en apparence anodine, était

signée des *ingénieurs* Caron et Peyrouton et du membre de la Commune Jules Andrieu. En la lisant, nous avons frissonné. Le plan de ces misérables était évident.

M. Jules Vallès n'avait-il pas écrit, du reste, que jamais la Commune ne serait réduite, que jamais l'armée de Versailles ne mettrait victorieusement le pied dans Paris ? et n'avait-il pas ajouté ces mots tristement célèbres : « Si M. Thiers est chimiste, il nous comprendra. »

Le même jour ou le lendemain, un avis de la délégation scientifique invitait les négociants à soumissionner pour une fourniture de soufre et de phosphore à livrer immédiatement. Depuis quelque temps déjà, on avait désorganisé puis réorganisé le corps des pompiers, en y introduisant des éléments nouveaux. Puis, le corps des fuséens était créé, et, enfin, l'indiscrétion d'un membre du comité de salut public apprenait la formation d'une légion de femmes pour seconder les opérations des fuséens. L'indignation publique a flétri ces créatures du nom de *pétroleuses*, et l'histoire conservera ce nom maudit.

L'entrée subite de l'armée de Versailles a surpris la Commune au milieu de ces préparatifs. On est épouvanté à la pensée des catastrophes bien autrement terribles que pouvaient causer quelques jours de retard.

Dans tous les quartiers, on préparait des mines, on posait des torpilles et des barils de pétrole ; on s'approvisionnait de nitroglycérine.

Pourtant, au milieu même du fracas de la bataille, la plus grande partie de la population ne songeait pas à la possibilité de ces incendies allumés pour brûler, uniquement pour détruire. Dans le nombre considérable de maisons particulières livrées aux flammes, à peine en trouverait-on deux ou trois dont la destruction fût une nécessité d'une défense encore plus insensée que criminelle.

Les ordres précis d'incendier ne manquent pas. Jamais crime ne fut attesté par un aussi grand nombre de témoignages. Le seul ordre trouvé sur le citoyen Delescluze, cette perle sans tache du jacobinisme ne laisserait aucun doute.

Le voici :

Le citoyen Millière, à la tête de 150 fuséens, incendiera les maisons suspectes et les monuments publics de la rive gauche.

Le citoyen Dereure, avec 100 fuséens, est chargé du 1er et du 2e arrondissement.

Le citoyen Billioray, avec 100 hommes, est chargé des 9e, 10e et 20e arrondissements.

Le citoyen Vésinier, avec 50 hommes, est chargé spécialement des boulevards, de la Madeleine à la Bastille.

Ces citoyens devront s'entendre avec les chefs de barricades pour assurer l'exécution de ces ordres,

Paris, 3 prairial, an 79.

DELESCLUZE, RÉGÈRE, RANVIER, JOHANNARD, VÉSINIER, BRUNEL, DOMBROWSKI.

Faut-il d'autres preuves ? Il y en a, les unes écrites, les autres établies sur la parole de témoins oculaires. Par exemple, dans le premier genre, une pièce signée d'un colonel Parent, accompagnée des cachets de l'Hôtel de Ville : « Incendiez le quartier de la Bourse, ne craignez pas. »

Ou bien cette autre pièce envoyée du cabinet du ministre de la guerre : « Au citoyen Lucas. — Faites *flamber* Finances et venez nous retrouver. »

Ou bien encore :

Le citoyen délégué commandant la caserne du Château-d'Eau est invité à remettre au porteur du présent les bonbonnes d'huile minérale nécessaire au citoyen chef général des barricades du faubourg du Temple.

Cet ordre était signé *Brunel*.

Dans le second cas, les preuves reposent sur le témoignage de personnes considérables des premiers magasins de la capitale dans lesquels les fédérés ont fait des préparatifs d'incendie, quelquefois suivis d'un commencement d'exécution.

Les négociants supplient, offrent des rançons considérables : c'est inutile ! Pas de salut possible, quand une fois l'ordre barbare a été prononcé. Des familles se jettent à genoux, demandant la grâce de pouvoir quitter leurs demeures condamnées. Les fédérés répondent à ces sanglots par ces paroles textuelles : « Lâches que vous êtes, ne faut-il pas mourir aujourd'hui ou demain? Qu'est-ce que cela fait si c'est aujourd'hui? » Ou bien, — qu'il me soit permis de transcrire ces paroles plus concises : — « Vous *crèverez* comme nous. » Et les maisons s'enflammaient avec leurs habitants.

Les raffinements de la cruauté varient à chaque pas : ici, on force le propriétaire à répandre lui-même le pétrole ; là, à mettre lui-même l'allumette. Rue de Lille, les femmes réveillées en sursaut, se sauvaient éperdues, folles, avec leurs enfants. Mais à la barricade, au coin de la rue Jacob et de la rue des Saints-Pères, les insurgés refusèrent de les laisser passer et répondirent en riant à toutes leurs supplications : « Nous vous verrons brûler, ce sera drôle ! » Dans la même rue de Lille, des personnes, avant l'arrivée de la troupe, ont été fusillées pour avoir voulu organiser des secours. Le même fait s'est reproduit sur beaucoup d'autres points.

C'est dans la nuit du 23 au 24 mai que les incendies ont commencé. Dans l'obscurité, j'ai pu suivre d'un lieu élevé de la rive droite les progrès de la flamme dessinant tous les contours des Tuileries. Trois colonnes de fumée et de feu marquant les trois pavillons de Marsan, de l'Horloge et de Flore s'élevaient dans le ciel, où pas un souffle ne passait. Plus près, deux autres colonnes de fumée et de feu : c'étaient les incendies de la rue Royale. D'autres encore dans le lointain, sur la rive gauche : c'étaient les incendies de la Cour des comptes et du Conseil d'Etat, de la Légion d'honneur, de l'hôtel Belle-Isle devenu la Caisse des dépôts et consignations, de la rue du Bac et de la rue de Lille.

D'heure en heure et presque d'instant en instant, une lueur nouvelle, instantanée, sinistre, un nouveau nuage rouge et noir annoncent un forfait nouveau. Et cette fumée sombre, amoncelée dans les airs, se traînait lourdement sur la cité comme un crêpe immense. Et de cent points divers la fusillade qui crépite, les mitrailleuses qui déchirent l'air, les canons qui tonnent, les obus qui sifflent et qui éclatent, et, par moments, du milieu des incendies, d'effroyables explosions dominent le tumulte incessant de la bataille. Le vent se lève et bientôt, sur tous les points de la capitale où il passe, une odeur âcre, insupportable, nauséabonde, vous prend à la gorge, une odeur de pétrole en combustion mélangée de choses fétides. Tout Paris est couvert aussi de papiers brûlés sur lesquels l'impression se détache en blanc, nette et très lisible. On assure avoir retrouvé de ces débris jusque dans la forêt de Saint Germain.

Dès le mercredi matin brûlaient ensemble avec les Tuileries le Ministère des Finances, le Palais Royal, la Bibliothèque du Louvre, un énorme pâté de maisons près de Saint-Germain l'Auxerrois, les annexes de l'Hôtel de Ville et le monument même, le Théâtre-Lyrique, le Palais de Justice et la Préfecture de police, et çà et là de nombreuses maisons de suspects.

En beaucoup d'endroits l'énergie des propriétaires a pu éviter de grands désastres. Ainsi, pendant que le Palais-Royal *flambait*, les grands magasins du Louvre étaient menacés. Si les directeurs n'eussent opposé la plus vive résistance, c'en était fait de cet immense amas d'étoffes, et le quartier tout entier se trouvait compromis. De même, à la Banque, où le personnel formait, du reste, un bataillon énergique et dévoué.

Partout où la résistance se prolonge un peu, partout les fédérés mettent le feu. La nuit du 24 au 25 mai est littéralement éclairée par l'incendie. La journée du jeudi n'est pas moins sinistre. La lutte devenait plus sauvage à mesure qu'elle approchait du terme et que les « peaux rouges » de l'Internationale se trouvaient plus acculés à leurs derniers retranchements.

Dans la nuit, un délégué avait ordonné d'évacuer les six cents blessés qui occupaient les galeries et les salles du Luxembourg. En même temps, une troupe d'individus chargés de bonbonnes de pétrole se mettaient à le répandre, sans se préoccuper des malades. Le palais était perdu si les troupes du général Paturel n'étaient arrivées à ce moment. Les incendiaires furent aussitôt fusillés.

Sur la rive gauche, délogés de la butte aux Cailles, ils se retirent en mettant le feu aux Gobelins. La rue du Bac, la rue de Lille, la rue Vavin, le carrefour de la Croix-Rouge continuent de brûler. Tout le monde est à la chaîne; les pompiers ne peuvent maîtriser le feu et lui font sa part, au milieu des plus grands dangers. Là et ailleurs les faux frères que la Commune a glissés dans leurs rangs sont à l'œuvre, cherchant à propager l'incendie. Un certain nombre, pris sur le fait, sont immédiatement fusillés.

Ailleurs, également débordés, les fédérés s'en prennent au Grenier d'Abondance, dans le voisinage de la bibliothèque de l'Arsenal, sauvée à grand'peine. Peu après, c'était la gare de Lyon qu'ils livraient aux flammes. D'un autre côté, au centre même de Paris, le théâtre de la Porte-Saint-Martin est dévoré ; puis, les maisons à l'entrée de la rue de Turbigo et du boulevard du Prince-Eugène.

L'incendie de la Porte-Saint-Martin est précédé d'un véritable drame. Les fédérés envahirent le restaurant Ronceray, sous prétexte de défendre une barricade placée derrière le théâtre, à l'entrée de la rue de

Bondy. Les femmes et les enfants se jettent à leurs pieds, les suppliant de ne point tirer par les fenêtres. Ces forcenés semblent alors s'apaiser et se rendre à la raison. Ils promettent de n'établir dans la maison qu'une ambulance. Et ils s'éloignèrent; mais personne ne pouvait s'enfuir. Quelques instants après, ils revinrent et commencèrent le pillage. Toutes les supplications furent inutiles; ils jetèrent les meubles par les fenêtres. Puis ils voulurent descendre à la cave, et se mirent à proférer contre tous les gens de la maison les plus grossières injures, les plus horribles menaces. Alors, à bout de patience, une personne, M. Ronceray, dit-on, souffleta l'un de ces misérables.

Ce fut le signal du massacre. Hommes, femmes, enfants furent égorgés, et, avant de s'éloigner, ces gardes nationaux mirent le feu à tous les étages et au théâtre.

Aussitôt, quelques habitants du quartier, comprenant le danger de cet incendie au milieu de constructions légères, organisent les secours, malgré la grêle de projectiles qui tombait encore sur le boulevard Saint-

Martin. Les fédérés, barricadés au coin de la rue Bouchardon, font feu sur quiconque essaye d'entrer dans le théâtre. On ne fut maître de l'incendie que le lendemain.

Ainsi fut détruit également le petit théâtre des Délassements-Comiques, sur le boulevard du Prince-Eugène. Au milieu de la nuit, la maison envahie était enduite de pétrole et les pétroleurs y mettaient le feu, pendant que les malheureux habitants s'en allaient, sous une pluie de balles, chercher un refuge.

Dans la journée, on avait essayé d'incendier les Magasins-Réunis, sur la place du Château-d'Eau. Ce vaste établissement était depuis plusieurs mois converti en ambulance et l'on y comptait alors plus de cinq cents blessés. Il fallut toute l'énergie du directeur, M. Jahyer, pour soustraire ces malheureux à une mort horrible. L'ambulance fut évacuée et le feu mis ensuite ; mais les secours, arrivés à temps, sauvèrent en grande partie cette immense construction. — Une chose qui paraîtra à peine croyable, car elle surpasse toutes les atrocités imaginables, c'est la tentative d'incendie contre l'Hôtel

Dieu! Les monstres y avaient pénétré de force et répandaient le pétrole sans autre avertissement. Alors tout le personnel indigné se précipita sur eux et les força d'abandonner leur sauvage projet.

La nuit et la journée du vendredi sont pleines d'angoisses. Retranchée aux buttes Chaumont et au Père-Lachaise, la révolution envoie dans toutes les directions des obus et des bombes incendiaires. Les édifices servent de points de mire à ce bombardement ; Saint-Eustache, dont le chevet a été très-atteint, les Halles centrales et la Halle au blé sont les moins épargnés.

Vers le soir, après une journée sombre et pluvieuse, le ciel s'éclaira tout à coup, comme illuminé par une immense aurore boréale : les docks de la Villette et les magasins de la Douane étaient embrasés.

Ce fut, heureusement! la dernière grande étape de l'incendie. Mais partout quels désastres! quels effondrements!

II

L'HOTEL DE VILLE

Ce n'est pas seulement à l'histoire de Paris, c'est à l'histoire de France que l'Hôtel de Ville était lié. Depuis l'émeute des Maillotins, en 1382, bien des émeutes fatales à Paris et à la France ont passé par ce même endroit. Ce n'était alors, sur la place de Grève, que l'humble *maison aux piliers*, où le fameux Etienne Marcel fit le premier essai de dictature *communeuse*, fatale dès cette heure lointaine au développement des libertés publiques. Toutefois, l'Hôtel dont Pierre Viole posa la première pierre en 1533, et qui fut achevé dans les premières années du dix-septième siècle, a vu d'autres événements.

Après les fureurs de la Ligue et les horreurs d'un double siége, Paris ne marchanda pas son obéissance au premier Bourbon. C'est à l'Hôtel de Ville qu'il fêta son entrée. Etranges retours de la destinée! c'est là, peut-être dans la même *salle du Trône*, que Bailly, le 17 juillet 1789, présenta Louis XVI au peuple, et que le souverain, abandonnant le panache blanc de son aïeul, s'est paré de la cocarde tricolore. Quelques jours après, les 172 commissaires des sections s'y installaient, et de là partait le signal du 10 août.

Désormais, toute pensée révolutionnaire aboutit là comme à son centre, et rayonne de là comme de son foyer. Le premier Comité de salut public, qui avait son pied-à-terre aux Tuileries, à côté de la Convention, établit à l'Hôtel de Ville sa sanglante dictature. Du *cabinet vert*, réuni plus tard à la salle du Trône, Robespierre a dominé la Convention et la France. Ce lieu a vu sa chute et celle de ses amis dans la journée du 9 thermidor.

Successivement, le Consulat, l'Empire, la Restauration et le gouvernement de Juillet agrandissent l'Hôtel de Ville. Si, de 1800 à 1830, on n'y fait plus de politique, on y donne des fêtes. En 1810, Bonaparte y reçoit Marie-Louise ; le parvenu corse fête la fille des Césars dans le palais du peuple. Paris, en 1821, y célèbre le baptême du duc de Bordeaux; en 1825, le duc d'Angoulême revenant d'Espagne, et Charles X revenant de Reims.

Cinq ans s'écoulent, et du même balcon où Bailly avait présenté Louis XVI au peuple, La Fayette montre Louis-Philippe en disant : « Voilà la meilleure des républiques ! » Peut-être l'un et l'autre étaient-ils sincères, mais la tâche était au-dessus de leurs forces. C'eût été bien assez pour un roi de faire la meilleure des monarchies. Aussi, dix-huit ans passés, le même peuple se retrouvait encore sous les mêmes fenêtres acclamant un gouvernement provisoire. « La populace sublimée » ne se contentait plus de la république, elle voulait la révolution, c'est-à-dire le renversement social ; le drapeau tricolore ne lui suffisait plus, elle voulait le drapeau rouge. Lamartine, repoussant la loque ignoble, fut véritablement grand lorsqu'il laissa tomber sur la multitude bouleversée cette parole : « Le » drapeau rouge n'a jamais fait que le tour » du Champ-de-Mars, traîné dans le sang du » peuple ; le drapeau tricolore a fait le tour » du monde. » — Condamnation immortelle des prétentions démagogiques.

Hélas ! elles ont poursuivi leurs sanglantes chimères, l'Hôtel de Ville a vu Barbès et Blanqui, un instant, le 15 mai. Déjà la destruction du monument était résolue. Aux néfastes journées de juin, il fut sauvé, grâce à l'intrépidité d'une poignée de combattants. Le général Négrier, tombé sous les balles insurgées, y rendit le dernier soupir.

Là est venue, en 1854, la reine d'Angleterre ; puis, successivement, tous les souverains qui ont visité Paris, laissant au palais populaire leurs dons royaux, témoignages d'admiration pour la grande cité.

N'est-il pas, enfin, dans toutes les mémoires ce jour où, devant un trône plutôt abandonné que détruit, le peuple, de toutes les classes et de tous les rangs vint encore sur cette même place proclamer un gouvernement nouveau? Pas un coup de feu tiré, pas une goutte de sang versée; seulement quelques écussons brisés. Mais, hélas! on a pu voir aussi, comme un signe de l'avenir, un homme ceint d'une écharpe rouge porté là, de sa prison, par un flot de la « populace sublimée (1). »

Peu après, des mots étranges sont prononcés. On parle de Commune et de Salut public, et ces paroles semblent d'abord un écho lointain de la grande tourmente dont le souvenir semblait à jamais perdu. Du 4

---

(1) C'était M. Henri Rochefort. Sa voiture, où il se tenait debout, avançait pas à pas soulevée par des flots humains. Il saluait plus profondément quand des voix plus amies lui criaient : *Vive la Sociale*! au lieu de : *Vive Rochefort*!

septembre au 31 octobre, au 22 janvier, au 18 mars, la marche n'est pas longue ; moins longue encore du 18 mars au 24 mai.

Voici les dernières proclamations lancées de l'Hôtel de Ville. Je les transcris, parce qu'elles se rapportent directement à l'incendie de la capitale.

Dans la soirée du 21 mai, au moment où il niait effrontément l'entrée de l'armée régulière, Delescluze écrivait à Dombrowski :

Citoyen,

J'apprends que les ordres donnés pour la construction des barricades sont contradictoires.

Veillez à ce que ce fait ne se reproduise plus.

Faites sauter ou incendier les maisons qui gênent votre système de défense. Les barricades ne doivent pas être attaquables par les maisons.

Les défenseurs de la Commune ne doivent manquer de rien ; donnez aux nécessiteux les effets que contiendront les maisons à démolir.

Faites d'ailleurs toutes les réquisitions nécessaires.

Paris, 2 prairial an 79.

DELESCLUZE, A. BILLIORAY.

L'incendie, et le pillage avant l'incendie. C'est assez clair!

Le 22, c'était la proclamation suivante :

Citoyens,

La porte de Saint-Cloud, assiégée de quatre côtés à la fois, a été forcée par les Versaillais, qui se sont répandus dans une partie du territoire parisien.

Ce revers, loin de nous abattre, doit être un stimulant énergique. Le peuple qui détrône les rois, le peuple qui détruit les Bastilles, le peuple de 89 et de 93, le peuple de la Révolution ne peut perdre en un jour le fruit de l'émancipation du 18 mars.

Parisiens, la lutte engagée ne saurait être désertée par personne, car c'est la lutte de l'avenir contre le passé, de la liberté contre le despotisme, de l'égalité contre le monopole, de la fraternité contre la servitude, de la solidarité des peuples contre l'égoïsme des oppresseurs.

AUX ARMES!

Donc, AUX ARMES! Que Paris se hérisse de barricades, et que, derrière ces remparts improvisés, il jette encore à ses ennemis son cri de guerre, cri d'orgueil, cri de défi, mais aussi cri de victoire; car Paris, avec ses barricades, est inexpugnable.

Que les rues soient dépavées : d'abord parce que les projectiles ennemis tombant sur la terre sont moins dangereux; ensuite parce que ces pavés, nouveaux moyens de défense, devront être accumulés, de distance en distance, sur les balcons des étages supérieurs des maisons.

Que le Paris révolutionnaire, le Paris des grands jours, fasse son devoir ; la Commune et le Comité de Salut public feront le leur.

Hôtel de Ville, le 2 prairial an 79.

Le Comité de Salut public,

ANT. ARNOULT, E. EUDES, F. GAMBON, G. RANVIER.

Et voici le commentaire du citoyen Delescluze :

Le citoyen Jacquet est autorisé à requérir tous les citoyens et tous les objets qui lui seront utiles pour la construction des barricades de la rue du Château-d'Eau et de la rue Albany (1)...

Les citoyens et citoyennes qui refuseront leur concours seront immédiatement passés par les armes.

Les citoyens chefs de barricades sont chargés d'assurer la sécurité des quartiers.

Ils doivent faire visiter les maisons suspectes, etc., etc...

Les maisons suspectes seront incendiées au premier signal.

DELESCLUZE.

« La populace sublimée » avait eu la victoire, elle avait eu sa *Commune* toute-puissante dans Paris consterné, puis enchaîné. Mais, la France lui faisant défaut, elle s'achemina vers la défaite, rêvant de léguer à la mémoire des générations quelque chose d'inoubliable. Et ceux qui suivaient les actes et avaient vu réquisitionner, en vingt-quatre heures, toutes les matières incen-

(1) C'est, dit on, derrière cette baricade que Delescluze a été tué.

diaires, et choisir dans cette tourbe humaine et organiser en corps les plus audacieux, les plus inflexibles, les plus criminels, pressentant des choses incroyables, n'avaient pas songé à la rage de l'incendie.

L'Hôtel de Ville, le lieu sacré de la dictature jacobine, le lieu sacré aussi des franchises dont ils s'étaient fait un drapeau ! Ils en ont fait d'abord un lieu sans nom. Dans la cour de marbre, dans l'escalier monumental, dans les riches galeries, on ne savait où poser le pied, et l'odeur de « la populace sublimée » vous suffoquait. De telles horreurs devaient rester ignorées : la destruction a été chargée d'en effacer les traces. Aux flammes tous les souvenirs !

C'étaient des souvenirs de gloire et d'admiration, des souvenirs patriotiques. Aux flammes ! « le nouveau genre humain » ne veut pas de patrie.

C'étaient des souvenirs de la cité, son histoire, sa vie même. Aux flammes ! « le nouveau genre humain » ne veut pas de cité.

C'étaient des souvenirs de l'art ! aux flammes! « le nouveau genre humain » n'a pas souci du beau. Plus d'artistes, plus d'art; le niveau de la barbarie.

C'étaient, enfin, les souvenirs des familles. Aux flammes! aux flammes! « le nouveau genre humain n'a pas d'état civil; il ne veut pas de famille (1). »

Répandez! ont-ils dit (2) — commandement sinistre! — Et le pétrole a été répandu dans la *Salle du Trône*, où se trouvaient les sculptures de Biard et de Bodin, dans la *Salle du Zodiaque* décorée par Jean Goujon et par Coigniet, dans la *Galerie de Pierre*, où avaient travaillé Lecomte, Baudin, Desgoffes, Hédouin et Bellel, dans le *Salon des Arcades*, dans le *Salon Napoléon*, dans la *Galerie des Fêtes*, dans le *Salon de la Paix*, où l'on voyait les œuvres de Schopin, de Picot, de Vauchelet, de Jadin, de Gérard, d'Ingres, de

(1) Les annexes de l'Hôtel de Ville, où se trouvaient les registres de l'état civil ont été allumées tout d'abord.

(2) Ce fut l'ordre du Comité de Salut public en fuyant l'Hôtel de Ville pour se réfugier à l'école de Chartes.

Landelle, de Riesener, de Lehmann, de Gosse, de Benouville, de Cabanel. Et les flammes ont jailli de toutes parts, du rez-de-chaussée aux combles. La *Cour d'honneur*, encadrée d'arcades soutenues d'un double rang de colonnes ioniques, a été détruite par une explosion qui a projeté les fragments du pavé de granit par-dessus le campanile jusqu'au milieu de la place. De cette merveille, il ne reste absolument que les quatre angles. Les fermes de fer, tordues comme un bois flexible, pendent le long du gros œuvre, au-dessus d'un énorme entassement de débris.

Les caves elles-mêmes, où se trouvaient plus de vingt mille kilogrammes de poudre, n'ont pas résisté, malgré l'épaisseur des voûtes ; elles ont sauté dans la matinée du jeudi. — Le plomb des toitures se mêlait en fondant aux flots du pétrole qui ruisselaient enflammés jusque sur la place.

On assure que cinq bataillons fédérés sont, après la fuite du Comité de Salut public, restés sur la place afin d'empêcher les secours. Il a fallu les cerner complétement, et ils auraient en grande partie péri dans les flammes.

Si le bas-relief équestre de Henri IV, placé au-dessus de la porte principale, la statue en bronze de Louis XIV par Coysevox, les Prisonniers de Michel-Ange et quelques médaillons des vieux édiles ont été conservés par des caprices bizarres de l'incendie, qu'est-ce que cela au milieu d'un pareil désastre, et nos regrets peuvent-ils en être diminués?

Hélas ! tout a été dévoré !

Plus rien ! que des murs noircis, calcinés, rongés, croulants : un véritable chaos, où sont entassés pêle-mêle poutres, bronzes, marbres et peintures, moellons et chefs-d'œuvre, les débris de ce qui fut l'Hôtel de Ville. Et sur quelques pans de murailles, dans les niches éventrées, sur les colonnes brisées, quelques figures de pierre, statues désolées d'hommes illustres. Hier encore, regardant la place et la cité, ils semblaient appeler la foule au spectacle de leur œuvre ;

maintenant, on dirait qu'ils se détournent de ces ruines, que leurs vertus et leur gloire ont été impuissantes à prévenir (1).

---

(1) Il paraît que la *Salle Saint-Jean* est restée debout presque intacte. C'est donc tout ce qui sera conservé de l'Hôtel de Ville, et ce n'en était pas la partie la plus précieuse.

III

LES TUILERIES

Avant l'Hôtel de Ville, l'incendie dévorait les Tuileries. Les rois avant le peuple : c'était justice ! Pourtant, si les rois avaient là-bas leurs souvenirs, le peuple avait ici les siens, grands et terribles.

Mais avant de détruire ce palais, Sa Majesté la Populace avait voulu s'y payer des fêtes. On y avait organisé des concerts, où, malgré le règne du niveau, le prix des places variait de cinq francs à cinquante centimes, depuis la salle des Maréchaux jusqu'aux... jardins. Le dernier eut lieu le dimanche même, 21 mai, quand, depuis plusieurs heures, Auteuil et Passy étaient au pouvoir de l'armée. Dans la journée, les dames de ces messieurs avaient daigné se montrer aux fenêtres et aux balcons, et même saluer les bons bourgeois regardant du côté de Versailles s'ils ne voyaient rien venir.

Deux jours après, le vieux palais était en flammes.

Le citoyen Félix Pyat avait, dans le *Vengeur*, plaidé la cause des Tuileries, afin d'y établir « un Prytanée pour les victimes du travail et les martyrs de la République. » Il fallait conserver cette demeure au peuple qui, déjà, s'y était installé. Pyat continue :

« Il y est... oui, par ses plus nobles représentants, le travail et l'exil, occupant les lieux, remplissant un étage d'outils et d'activité, un atelier d'aérostiers. Le roi Travail trône là. J'ai reconnu, parmi les ouvriers, un ancien proscrit de la Commune révolutionnaire de Londres. Quelle joie! le proscrit et l'ouvrier aux Tuileries ! Du bagne de Londres au palais des Tuileries ! C'est bien ! »

Seulement, au sein de la Commune l'âme tendre du *Vengeur* prenait d'autres allures et demandait, elle aussi, la complète destruction de « l'infâme baraque. »

Elle brûla trois jours. Et, dix jours après, soudain les débris s'enflammèrent de nouveau près du pavillon de Flore.

Catherine de Médicis n'avait pas abandonné le Louvre pour le château de plaisance que Philibert Delorme lui avait construit. Les Valois suivent son exemple. Sous Henri IV, Androuet Ducerceau commence à changer le château en Palais. Le faste y remplace la grâce, et le grandiose... un peu lourd, la noblesse et la majesté. La galerie du Bord de l'Eau, destinée à relier le Louvre aux Tuileries, était presque terminée en 1608, quand le Béarnais fit parcourir les deux palais, sans en sortir, à l'ambassadeur d'Espagne et lui demanda si son maître avait à l'Escurial une promenade de cette longueur avec un Paris au bout. Sous Louis XIII, Louis Levau et François d'Orbay élèvent de nouvelles constructions du côté de la rue Saint-Honoré, et modifient encore les constructions anciennes. Mais Henri IV et Louis XIII n'habitent pas les Tuileries. Louis XIV fait sculpter son soleil sur les frontons de Henri IV; il donne quelques fêtes dans les galeries de son aïeul : rien ne le détourne de Versailles, sa création. Et Louis XV se hâte d'y accourir, après la régence.

Le château royal des Tuileries devient le palais des rois, quand le peuple y ramène Louis XVI. L'Assemblée législative tient ses séances au bout du jardin ; mais, la Convention entre dans le palais. C'était le 20 septembre 1792.

Après les Girondins, les Montagnards; après la Terreur, le 9 thermidor; après la Convention, le Conseil des Anciens: les Tuileries avaient vu tout cela; ses échos avaient retenti de la voix de Vergniaud, de Danton et de Robespierre. Sous ses murailles avaient rugi les sections de Paris accourues pour imposer à la Convention les volontés de la Commune. De là sortit Robespierre, le 22 prairial, quand il vint à la tête de tous les représentants, sous les arbres du jardin, fêter l'Etre suprême et prendre à témoin de son existence le soleil, la nature, la vie universelle. — Il est vrai qu'à Notre-Dame, Chaumette faisait adorer la Raison — la Raison ! — sous une forme moins éthérée et moins symbolique. — Là, dans une pièce écartée, autour d'un tapis vert, siégea le Comité de salut public, où « souvent l'on n'entendait rien, disait Carnot, pas un mot, pas un souffle, rien que le bruit des plumes qui couraient sur le papier. » Mais ce farouche conseil des Dix organisait quatorze armées et n'aurait pas brûlé Paris.

Le 1er février 1800, Bonaparte entrait aux Tuileries avec Joséphine, la veuve de cet Alexandre Beauharnais qui présidait l'Assemblée le jour où Louis XVI, ramené de Varennes, reçut son palais pour prison. Pendant quinze ans, il est la demeure officielle de César, « le peuple couronné, » comme il s'appelait lui-même. De là l'Europe entière avait reçu des ordres, et c'est là qu'elle voulut achever sa vengeance. Mais, sur ce seuil, où les traces de la Convention paraissaient encore, Louis XVIII prenant le pas sur les souverains coalisés, répondait fièrement à leur surprise presque insolente : « Le roi de France est ici chez lui ! »

Quinze ans plus tard, la révolution traversait encore cette demeure, maudissant Polignac, dont le fils, né dans la captivité, devait, le 24 février 1848, apaiser un instant la « populace sublimée » ardente au pillage. Hospice des invalides civils sous le gouvernement provisoire, exposition des beaux-arts sous la présidence, palais souverain sous l'empire, ambulance après le 4 septembre, telle est la fin de l'histoire des Tuileries.

En 1763, l'Opéra ayant été incendié, Louis XV le fit installer au palais dans la la grande salle des Machines, une des magnificences des Tuileries d'alors, construite pour la représentation de la *Psyché* de Molière. En 1770, la Comédie-Française y remplaça l'Opéra jusqu'en 1783.

Le 30 mars 1778, on y représentait *Irène* et l'on y couronnait Voltaire dans la loge des gentilshommes de la Chambre. « Français, s'écria-t-il, vous me ferez mourir de plaisir. » Que de choses, hélas! sont mortes de ce plaisir-là!

L'hypocrisie est morte; on ne croit plus aux prêtres;
Mais la vertu se meurt, on ne croit plus à Dieu!

Ce souvenir n'était point suffisant pour arrêter les révolutionnaires de 1871. Cette royauté de l'esprit sceptique, du blasphème et de la décomposition morale, n'a pas trouvé grâce; l'édifice sapé par les mains de ce monarque est tombé sur sa tête et a broyé sa couronne. Involontairement, devant ces ruines, cette autre apostrophe d'Alfred de Musset revient à la mémoire :

Ton siècle était, dit-on, trop jeune pour te lire.
Le nôtre doit te plaire, et tes hommes sont nés.

Ils sont de race, en effet, et dignes de leur père..... moins l'esprit.

Les architectes, les artistes n'exprimeront peut-être pas de grands regrets pour cette masse de constructions de caractères différents qui formaient les Tuileries, « ce monument digne d'Athènes et de Rome, disait Barère le 26 mai 1791, dont le génie des arts traça le plan et éleva les façades, mais dont l'insouciance dissipatrice de quelques rois et l'avarice prodigue de tant de ministres dédaignèrent l'achèvement. » Les communeux ne pensaient évidemment pas comme Barère, sans être de l'avis des architectes contemporains.

Si toutes les parties anciennes de l'édifice étaient destinées à disparaître, nos regrets aussi seraient modérés. Et, certes! il est consolant de penser que le gouvernement du 4 septembre en a retiré et envoyé au garde-meuble les choses les plus précieuses.

Mais derrière ces vieux murs, il y avait encore d'inappréciables tapisseries des Gobelins, d'admirables plafonds, des œuvres sans nombre auxquelles avaient concouru Charles Lebrun, Pierre Mignard, Nicolas Loyr, Detroy, Plamoël et Lemoyne, Coypel et Francisque Meillet, Coysevox et Girardon, et tant d'autres, anciens et modernes. Qui nous rendra le merveilleux salon des Roses, d'où s'échappait tout un enchantement de fraîcheur et de poésie?

De l'histoire, de la politique et de l'art, plus rien !

Les constructions neuves, du côté du quai, ont été à peu près épargnées. Les combles en ont été enlevés, mais les façades sont intactes ; il n'y a d'endommagé qu'un seul fronton, de M. Carrier Belleme, représentant l'*Agriculture*.

De ce côté, les incendiaires, ne réussissant pas au gré de leur rage, eurent recours à la poudre. Par bonheur, il était déjà trop tard ; l'heure de la retraite avait sonné.

Ces pertes sont douloureuses, sans doute ; il y en a d'autres, pourtant, plus irréparables encore. Dans les appartements occupés par l'ex-empereur, on avait réuni les papiers les plus secrets du règne commencé le 2 décembre. La vengeance de la France était là, écrite de la main même de ceux qui l'avaient trahie. Les monstres l'ont anéantie. Nulle part, ils n'ont été plus habiles, plus zélés dans leur besogne sauvage ; nulle part, ils n'ont répandu le pétrole avec plus de soin et badigeonné les murailles avec autant d'ardeur.

Quelle main les avait poussés? Quel or les avait payés? D'où leur était venue cette pensée de détruire ce qu'ils auraient dû préserver de toute atteinte? L'histoire saura-t-elle jamais maintenant les machinations ténébreuses, les intrigues sans nom, les dilapidations sans exemple par lesquelles le despotisme d'un homme a pu conduire la France au fond de l'abîme?

C'est cela, cela surtout, qu'il faut amèrement déplorer. Les édifices détruits peuvent être relevés, les artistes vivants peuvent recommencer leurs œuvres, le génie peut retrouver dans l'avenir les inspirations du passé; rien — car de tels phénomènes traversent rarement la vie des peuples — ne nous rendra dans sa réalité, palpable en quelque sorte, cette leçon terrible.

Certes! il y avait à ce sujet de nobles paroles à faire entendre, une page complémentaire des *Châtiments* à écrire. Le poëte de « la populace sublimée » ne l'a pas compris. Et, de fait, ces incendiaires ont tenu la torche et répandu le pétrole, parce que d'autres avaient tenu la plume; ils ont renversé les pierres, parce que d'autres avaient bouleversé les âmes.

Lisant en face de ces ruines l'incroyable lettre de Victor Hugo, à qui le 4 septembre avait fait un regain de popularité, jamais nous n'avons mieux compris la profondeur de cette parole du chantre hébreu : *Omnes declinaverunt.* Oui, tous, en ces temps mauvais, se sont abaissés. La Némésis ardente du poëte contre « l'homme de décembre » s'est soudain changée en flatterie pour ces autres hommes qui défendaient non pas un système politique, mais le complet bouleversement social. — « Ces sauvages n'ont point commis d'actes scélérats ! — Ils étaient inconscients ! » (1) — L'inconscience ! telle est en cette matière, le grand argument de cet humanitarisme dont l'*Internationale* est la plus charmante invention. Point de dou-

(1) C'est à la suite de cette lettre, publiée dans l'*Indépendance belge*, que Victor Hugo a dû quitter la Belgique.

ceur trop grande, point d'asile trop inviolable pour ces criminels qu'on essaye d'appeler aujourd'hui des « vaincus politiques. »

Et c'est vous qui le dites, ô poëte des *Châtiments !* Que ne respectiez-vous donc alors « le vaincu de Sedan? » — Non pas ! Vous avez eu raison de le marquer d'un brûlant stigmate, et c'est cela qui vous frappe aujourd'hui. L'histoire oubliera peut-être les *Orientales*, les *Feuilles d'automne*, les *Rayons et les Ombres ;* de vous peut-être elle oubliera tout, hormis quelques pages des *Châtiments*, dont elle fera le châtiment même des champions attardés du drapeau rouge.

IV

LE LOUVRE

Quel miracle nous l'a conservé? Comment ce deuil a-t-il été épargné, non pas seulement à la France, mais à tous ceux qui, dans le monde entier, ont le sentiment et le culte du beau? — Les apôtres de l'humanité nouvelle avaient cependant bien préparé cette œuvre; ils étaient jaloux de cette gloire.

Non-seulement les flammes venant des

Tuileries devaient gagner ces inestimables trésors, mais, dès le lundi, des « fuséens » conduits par un chef de la bande (1), avaient fait leurs préparatifs d'incendie sur plusieurs points des musées. Deux gardiens avaient été fusillés ; les conservateurs et d'autres gardiens continuèrent quand même à veiller et purent introduire à temps les troupes dans le monument.

Déjà, cependant, la Bibliothèque qui occupait le grand pavillon en face le Palais-Royal, était en feu. Le lendemain, ceux qui ont visité la ruine brûlante encore, ont pu voir un témoignage irrécusable oublié sur les marches de l'escalier monumental — l'une des parties les plus réussies du nouveau Louvre — conduisant à ces précieuses collections ; c'était une bonbonne sur laquelle une main ignorante avait grossièrement écrit ce mot sinistre : *pétrol*.

---

(1) Il se nommait Napias-Piquet. C'était un des purs de la Commune. Il avait menacé de brûler tout le quartier du Louvre. On a trouvé sur lui, après l'avoir fusillé, la note de son déjeuner de la veille : 57 fr. 80 c.

Malgré l'intensité de ce foyer qui, continuant vers la gauche, avait attaqué la caserne, la destruction n'allait pas assez vite. Heureusement il avait fallu se replier sur l'Hôtel de Ville, et les quelques « peaux-rouges » restés pour achever cette noble tâche, furent pris et fusillés sur place.

Alors, ce fut le tour des obus et des bombes, venus d'un côté qui ne laisse aucun doute sur l'intention. Le fronton, la façade de Jean Goujon, celle de la *galerie d'Apollon*, portent de nombreuses traces de ce vandalisme. Dieu merci ! les sculptures extérieures, surtout celles du grand maître français, n'ont pas été atteintes, et les trésors de l'intérieur n'ont pas eu beaucoup à souffrir.

S'attaquer aux rois jusque dans leurs tombes, jusque dans leurs palais, jusque dans la mémoire des peuples qui bénit ou maudit, rêver de soustraire légalement aux fils l'héritage de leurs pères et de distribuer les fortunes aux convoitises de la rue, imaginer une société sans famille et sans Dieu, recommencer l'œuvre des rois en abusant le peuple au nom de la liberté : oui !

la logique des passions humaines peut aller jusque-là. Les siècles ont vu ces choses, bien que 93 aimât mieux habiter les palais que les détruire. Et cependant, l'innocence encore intacte du poëte des *Odes et Ballades* pouvait s'écrier à ces souvenirs, comme nous avec lui devant la réalité :

O Dieu! leur liberté, c'était un monstre immense
Se nommant Vérité parce qu'il était nu.
. . . .
La dépouille de Rome ornait l'impure idole,
Le vautour remplaçait l'aigle à son Capitole,
L'enfer peuplait son Panthéon.

Mais, du moins, on ne pouvait guère concevoir, dans ces folies extrêmes de « la populace sublimée », le bouleversement d'un sol où, depuis Philippe-Auguste, depuis bientôt sept cents ans, toute la monarchie française, c'est-à-dire la France elle même, avait laissé son empreinte. La Convention elle-même ne l'eût pas fait. Si elle proscrivit les prêtres, elle reconnut — par décret — l'existence de Dieu; si elle renversa l'Université, aussi vieille que le Louvre, loin de brûler les livres et les musées, elle dota la bibliothèque du roi, devenue la Bibliothèque Nationale, d'une organisation disparue seulement vers la fin du second empire.

Ce n'est pas la faute à ces Vandales si le feu n'a pas consumé ces trésors de la pensée, auxquels rien ne saurait être comparé. La France en doit sa reconnaissance à l'amiral Pothuau. Le fédéré Brunel, qui commandait au Ministère de la marine, avait reçu cet ordre : « Dans un quart-d'heure, les Tuileries seront en feu. Aussitôt que nos blessés seront enlevés, vous ferez sauter le ministère. » — L'amiral, à la tête de ses marins, entra dans le ministère au moment même où l'ordre allait être exécuté. Et de là, par une inspiration subite, il dirigea immédiatement sur la Bibliothèque de la rue Richelieu une colonne dont l'activité et la bravoure prévinrent le plus grand désastre qui pouvait frapper Paris.

C'est miracle également que la bibliothèque Sainte-Geneviève, avec ses collections d'incunables, d'Aldes et d'Elzevirs, la Mazarine avec ses introuvables curiosités bibliographiques, celle de l'Arsenal avec les œuvres les plus rares de nos premiers siècles littéraires, que les Archives même, dont l'idée remonte à Camus de la Constituante, aient échappé sans grands dommages à la destruction. Rien ne devait être épargné, pas même l'Observatoire, pas même le Muséum, pas même le Conservatoire des Arts-et-Métiers, institué par la Convention, sur la proposition de Grégoire.

Les Gobelins ont été malheureusement plus éprouvés. Les incendiaires auraient tout brûlé, œuvres et métiers, si la population du quartier et les tapissiers ne s'étaient soulevés et n'avaient défendu ce qui restait au péril de leur vie. Toutefois, quatre-vingts mètres de bâtiments ont été détruits : la galerie publique, l'école de tapisserie, l'atelier des peintres, etc. La perte irréparable, c'est la collection des tapisseries depuis Louis XIV. C'était toute l'histoire de ce travail patient, de ces œuvres collectives d'artistes dont la plus grande gloire est d'aller à la postérité sous le nom de Gobelins, illustre entre tous les noms de l'art.

Au Louvre, plus de 90,000 volumes ont été détruits. Cette bibliothèque, fondée par le Directoire, avait d'abord été placée au Luxembourg, puis dans un vaste local de la rue du Regard. Sous le premier empire, elle devint la bibliothèque du Conseil d'Etat et fut transportée aux Tuileries, puis au Louvre, dans les appartements de la cour Caulincourt; enfin, en 1858, on la transféra dans le vaste et riche pavillon aménagé tout exprès pour elle.

Les éditions les plus rares et les plus belles y avaient été envoyées de tous les coins de l'Europe. A côté des Incunables et des Elzévirs, se trouvaient les 12,000 volumes de la collection Mottley, légués d'abord à la Bibliothèque nationale, qui n'eut pas de salle spéciale à leur offrir. Ils furent alors transmis au Louvre et placés à part avec le buste du donateur, œuvre de Mme Claude Vignon.

Il y avait encore au Louvre une collection introuvable de 800 volumes et manuscrits, avec gravures sur vélin, de toutes les éditions, de tous les commentaires, de tous les travaux sur Pétrarque. L'abbé de Marsan avait mis quarante ans à la former.—Là, se trouvait le manuscrit original de ce d'Argenson, préfet de police sous Louis XV et grand seigneur libéral déjà sorti — par la pensée — de l'ancien régime. Ces mémoires ont été publiés, mais il restait dans les papiers inédits bien des choses curieuses et précieuses. — On y trouvait aussi les manuscrits de Guillaume Colletet, où avaient puisé tous ceux qui se sont occupés de l'histoire littéraire de la France. Ces manuscrits n'ont jamais été publiés entièrement et renfermaient les biographies inconnues de 450 poëtes du moyen âge.

Il y avait encore les manuscrits originaux de Vauvenargues; — ceux de d'Aubigné, l'exemplaire même de Mme de Maintenon; — une édition de la *Miséricorde de Dieu* de Mlle de La Vallière, annotée de la main de Bossuet; — la collection Pixéricourt, comprenant 800 à 1,000 volumes de documents et brochures de la Révolution, parmi lesquels les *Père-Duchêne* d'autrefois, — il en était de royalistes, — dont les *Père-Duchêne* d'aujourd'hui ont oublié la langue verte, moins les expressions grossières et peu variées qui en ont fait le triste succès ; — la collection du théâtre révolutionnaire, formée par M. Viollet-Leduc, et, enfin, une grande collection de brochures, la plupart introuvables, relative à notre histoire littéraire.

J'allais oublier une merveille dont la peinture sentira vivement la perte irréparable : les 228 dessins originaux des *Roses* de ce Jacques Redouté, qu'on avait surnommé le *Raphaël des fleurs*.

Tout cela est perdu, brûlé, en cendres ! Qu'était-ce, en somme ? C'étaient les lettres, la science, l'effort de l'intelligence humaine depuis des siècles, depuis toujours. Qu'importe ! cela gênait « l'humanité nouvelle, » et l'empêchait de s'épanouir au soleil,

Mêlant les lois de Sparte aux fêtes de Sodome,
De tous les attentats cherchant tous les fléaux.

De la littérature ! est-ce que la « populace sublimée » en a besoin ? Cela obscurcirait ses idées ; pas plus de littérature que d'orthographe. De la philosophie, de la science, de l'art ! allons donc ! La philosophie, c'est la Révolution accusant un évêque de se dire *serviteur d'un nommé Dieu* ! (1) La science, c'est la Révolution, fabricant de la poudre et répandant le pétrole ! L'art, c'est la Révolution construisant les barricades. Hors de là, tout est vain; qui ne professe pas ce culte doit périr.

Qu'ils répètent donc maintenant que le grand obstacle au progrès, c'est l'ignorance !

On connaît trop, hélas! à cette heure, cette belle passion de concorde, de science, de civilisation. On sait quels instituteurs les peuples se donneraient en écoutant de pareils docteurs.

Le centre de la civilisation, la capitale de l'esprit moderne, un instant défaillante, leur a laissé mettre la main sur tout, prendre toutes les écoles, escalader toutes les chaires où la femme libre venait étaler ses

(1) Textuel dans le simulacre d'acte d'accusation de l'archevêque de Paris.

aspirations; et, après avoir fait de Paris un immense abattoir, ces hommes en ont voulu faire un immense bûcher.

Voilà l'aurore de « l'humanité nouvelle, » l'étoile du matin, de « la populace sublimée». Elle hurle et se croit éloquente; elle tue et se croit puissante; elle brûle et se croit éclairée. Elle essaye de renverser la France, de détruire à la fois tous les monuments de l'histoire et de la pensée, oubliant de quelle exécration les générations ont poursuivi la mémoire du Turc qui avait brûlé la bibliothèque d'Alexandrie.

Et, véritablement, le calife Omar, au prix d'eux, ne savait pas son métier de barbare.

LE PALAIS-ROYAL

Peu de monuments à Paris éveillent un aussi grand nombre de souvenirs.

Célèbre entre tous, il était désigné d'avance au pétrole des incendiaires. La mémoire de Camille Desmoulins ne l'en a pas préservé : le *Vieux Cordelier*, l'ami de Danton n'impressionnait pas assez vivement les Jacobins de 1871. Richelieu, Mazarin, Louis XIV, les d'Orléans, les Bonaparte, avaient passé sous ces lambris ; point de pitié ! du pétrole à flots, dût-il embraser toutes les boutiques livrées au commerce, et même la maison de Molière, la grande Comédie-Française.

Un nom des plus célèbres de l'histoire littéraire de la France est attaché aux origines du Palais-Royal, élevé sur l'emplacement des hôtels de Mercœur et de Rambouillet. N'en concluez pas qu'il s'agit du fameux hôtel où naquit l'Académie, où trônaient Voiture et Mlle de Scudéry. Ce rendez-vous de la société polie n'était autre que l'hôtel Pisani, rue Saint-Thomas-du-Louvre, apporté en dot par Catherine de Vivonne à Charles d'Angennes, marquis de Rambouillet. L'hôtel patrimonial de ce nom avait été vendu, en 1606, bon gré mal gré, comme il arrivait souvent aux grands seigneurs, même en ce temps-là. Richelieu l'acquit de seconde main en 1624. — Les pierres ont aussi leur destinée !

C'est là que le ministre de Louis XIII bâtit cette fastueuse demeure, qu'il transmit comme un héritage à son royal sujet. Là fut méditée et décidée la politique de ce géant; là fut écrit, en grande partie, ce *testament* contre lequel Voltaire usa vainement sa critique et dont nos hommes d'Etat devraient encore méditer les leçons.

Là, pris aussi d'ambition littéraire, en orateur éloquent qu'il était parfois, et se croyant poëte, en sa qualité de fondateur de l'Académie, Richelieu écrivit sa tragédie de *Mirame*, à laquelle collabora peut-être plus d'un homme de lettres inconnu.

Louis XIII mort, Anne d'Autriche, avec Louis XIV et Mazarin revenu de Münster, où les diplomates venaient de créer la Prusse, quitta le Louvre pour le Palais-Cardinal. Le Roi-Soleil a joué sous les allées de marronniers où furent bâties plus tard les rues de Valois et de Montpensier. Son frère, chef de la maison d'Orléans, reçut le palais en apanage en 1692. Le régent et Dubois, son précepteur, y ont laissé tous les souvenirs de la *Régence*, tristes souvenirs de choses qui ont préparé les choses et les souvenirs de la *Révolution*.

En 1663, l'incendie de l'Opéra détruisit toute une aile du palais qu'il fallut réédifier, à l'exception de la *galerie des Proues*. C'est là tout ce qui nous reste de cette demeure où l'élégance remplaça le faste un peu chargé de la première moitié du dix-septième siècle. Plus tard, vers la fin du dix-huitième siècle, celui qui fut Philippe-Egalité, pressé par le besoin d'argent, imagina d'entourer le jardin des constructions actuelles, dont l'architecte Louis fut l'auteur. En vain « la cour et la ville » poursuivirent elles d'épigrammes le prince ouvrant bazar, la permission royale fut accordée, les boutiques s'ouvrirent et les galeries devinrent le rendez-vous de *tout Paris*. Mais les nouvellistes furent inconsolables de la perte de leurs marronniers, surtout de l'*arbre de Cracovie*, sous lequel se réunissaient les amis de la Pologne, où l'on devisait en lisant le *Courrier de l'Europe* et la *Gazette de Leyde*, la fameuse gazette de Hollande.

Curieux retour des choses d'ici-bas : Philippe-Egalité ne se trouvait pas à l'aise dans le palais et voulut le reconstruire encore.

La Révolution naissante interrompit les fondations, déjà creusées pour un plus vaste édifice sur l'emplacement occupé depuis par la galerie d'Orléans, et sauva ce que vient d'emporter la Révolution mourante.

Autour de cette demeure du prince déjà révolutionnaire et plus tard conventionnel et régicide, sous ces galeries d'un prince du sang faisant revenu de ses maisons et des vices populaires, grouillait, se promenait, s'étalait toute cette corruption immonde ou élégante, crapuleuse ou aristocratique, que la Révolution ne fit point disparaître, qu'elle entretint et qui des salons du Palais-Royal, sans en déserter les jardins, passa dans les salons du Directoire et sous les ombrages de Tivoli.

Ceux qui conduisent « la populace sublimée » lui parlent beaucoup de sa moralisation, de ses mâles vertus, c'est-à-dire des vices de quelques-uns procurés à tous, de la spoliation pour la jouissance ! — En fait de corruption, la populace est digne du prince. Et les révolutions se font hélas!

parce que trop de princes sont populace par ce côté.

Le Palais-Royal n'était pas seulement le rendez-vous des gens de plaisir ; c'était aussi celui des politiques, de cette jeunesse ardente où bouillonnait la lave qui a enseveli la vieille société française. Quelqu'un a dit que la tête de la France était alors à Versailles et le cœur au Palais-Royal. C'est vrai ! la tête était mauvaise et le cœur était trop chaud.

C'est là que la Révolution est véritablement entrée dans la période de l'action. La Bastille s'est écroulée sous le poids des feuilles arrachées par Camille Desmoulins aux arbres de Philippe d'Orléans. Peut-être applaudissait-il de ses fenêtres, à moins que, ce jour-là, il ne fût à son parc de Monceaux.

Peu après, Mme Roland, parée de trois couleurs, passait au bras de Barnave sous ces mêmes arbres où l'on ne faisait plus guère que de la politique, quelquefois de la politique sanglante, des conversations exaltées, finissant à coups de poignard et de pistolet.

Le maître ayant porté sa tête sur l'échafaud, le palais fut saccagé. Déjà, les richesses artistiques amassées par le régent s'en étaient allées, portées par les mains de deux Juifs dans tous les musées de l'Europe.

En 1792, Philippe-Egalité, à court d'argent, — c'était la seconde fois, — avait vendu sept cent mille francs tous ses tableaux italiens et français. Le soir même, jouant au billard, il perdit tout, et, le lendemain, vendit ce qui lui restait de maîtres flamands, espagnols et autres pour trois cent cinquante mille francs. Dans les salles dévastées, on installa des bazars, des tabagies et des jeux ; après le 9 thermidor, on y donna des bals, peut-être même avant, car les sans-culottes dansaient aussi sous la Terreur.

Après le 18 Brumaire, le Palais-Royal fut nettoyé et devint le palais du Tribunat. Des princes l'habitèrent sous l'Empire ; le duc d'Orléans le reprit sous la Restauration. Pendant plusieurs années, on y conspira plus ou moins ouvertement, — sans doute, par reconnaissance; — on y ourdit toutes les trames dont l'Altesse-Royale et ses amis enveloppaient une royauté aveugle. Dans cette galerie des Fêtes, en grande partie sinon totalement détruite, M. de Salvandy disait au roi de Naples, le 30 mai 1830, ce mot significatif, resté si célèbre : « nous dansons sur un volcan. »

On connaît depuis lors l'histoire du Palais-Royal, l'histoire publique, veux-je dire; car, si les ruines pouvaient parler, celles-ci auraient à raconter des chroniques bien singulières. Là, vivait un prince dont on ne dit rien maintenant parce qu'il y aurait trop à dire. Dans ces salons en cendres, on n'a pas seulement fait de mauvaise politique, une politique antinationale, on n'a pas seulement écouté contre la France tous les quémandeurs de la Révolution cosmopolite; on a reçu, hébergé, fêté tous ceux qui, par leurs actes comme par leurs écrits, ont donné la première impulsion au mouvement dont Paris ressent encore l'épouvantable secousse.

La Révolution aurait dû saluer ce palais comme l'un de ses berceaux ; elle aurait dû le regarder, — si nous osions le dire — comme l'un de ses sanctuaires. — Il est en ruines !

C'est dans la nuit du 24 mai, quand brûlaient déjà le quai d'Orsay et les Tuileries, que les barbares ont mis le feu au Palais-Royal. On ne dormait pas ces nuits-là. Les habitants du quartier, épiant avec anxiété les moindres bruits de la bataille, aperçurent une épaisse fumée dont le château paraissait entièrement enveloppé. Plusieurs descendirent courageusement dans la rue, cherchant à organiser des secours. Un capitaine incendiaire se trouvait à la grille du Palais encore occupé, parce que « la besogne » n'était pas achevée. « Retirez-vous, cria-t-il aux sauveteurs, ou je vous fais fusiller. » Et, montrant le palais : « Il faut que ça brûle, » ajouta-t-il.

Et les incendiaires passaient noirs de poudre et de fumée, tachés de sang, traînant le liquide infernal qu'ils lançaient, pour activer la dévastation, sur les poutres enflammées, sur les murailles brûlantes, sur le fer lui-même, qui se tordait dans le brasier.

Néanmoins, le petit groupe ne tarde pas à revenir un peu plus nombreux et plus décidé. On pénètre dans le palais, on se met aux pompes malgré les insurgés, qui font feu plusieurs fois; mais, servies par des mains inexpérimentées, les pompes ne suffisent pas. — La plupart des tuyaux avaient été coupés pour en empêcher le service. Les flammes se propagent avec une effrayante rapidité ; le Théâtre-Français, la galerie de Valois, la galerie Montpensier, tout cet immense carré de constructions est menacé.

Heureusement, l'armée avait déjà repoussé les insurgés du côté de l'Hôtel de Ville, et l'on put combattre sérieusement l'incendie. Des pompes arrivent de la Bibliothèque nationale, de la Banque; les peureux viennent se mettre à la chaîne, et les troupes au repos se mettent de la partie. Enfin, les pompiers arrivent.

Vers le soir, le feu était circonscrit : le Théâtre-Français n'avait plus rien à craindre et l'aile gauche du palais avait été préservée. Du côté de la rue de Valois, le danger continuait. Le pétrole se ranimait sans cesse, et, dans la journée, on avait saisi et fusillé sur place trois faux pompiers, — car la Commune avait *réorganisé* le corps des pompiers, — qui jetaient du pétrole au milieu des flammes. Pendant toute la nuit et le lendemain, il fallut continuer à faire la chaîne. Huit jours après, la fumée s'échappait encore de ces débris.

Les mêmes appartements, près de la rue de Valois, avaient vu Philippe Egalité, le duc d'Orléans en 1830, et ce César déclassé que M. About regrettait de voir se croiser les bras sur les marches d'un trône, ce flatteur de l'athéïsme qu'on appelle le prince Napoléon.

O leçons de l'histoire! qui peut sonder vos mystères?

VI

LE PALAIS DE JUSTICE

En ruines aussi, et presque entièrement, ce palais de la vieille cité, contemporain des premiers jours de la France, contemporain même de la domination romaine dans les Gaules.

Mieux que les Tuileries, mieux que le Louvre et le Palais-Royal, cette masse de constructions de toutes les époques, de tous les caractères, représentait, dans sa diversité, les phases si différentes de la vie nationale, les plans multiples de l'histoire, unis par un même génie, le génie du peuple français, passant à travers les siècles, allant à cet idéal de justice et de vérité qui est au fond, qui est le fonds, quoi qu'on dise, de toutes les aspirations modernes.

De Thou disait du Palais de Justice : « C'est le Capitole de la France ! » Rien de plus vrai. Les Mérovingiens l'ont habité ; aussi, les descendants de Charlemagne et lui-même quand, aux rares années de paix, il abandonnait parfois Aix-la-Chapelle pour Paris.

Pendant les invasions normandes, le palais était le centre de la résistance, la clef de la cité ; le comte Eudes en avait fait sa principale forteresse, et cette forteresse fut le berceau de la monarchie capétienne.

Eudes, en effet, fut roi parce qu'il avait sauvé Paris ; son pouvoir issu de l'élection populaire se dressait en face de la royauté traditionnelle abattue sous le poids de sa propre faiblesse.

Sous les Capétiens, la forteresse devient un château. Mais, par le caractère, essentiellement local et multiple, de la résistance à l'arrière-ban des barbares, par la signification même du changement qui avait substitué la dynastie nouvelle aux descendants étiolés de Charlemagne, Hugues-Capet et ses premiers successeurs étaient bien moins les rois des Français que les chefs le plus souvent impuissants d'une sorte de fédération, très-périlleuse, couvrant le pays de châteaux forts et l'opprimant après l'avoir sauvé.

Les Capétiens réagirent dès le premier jour contre ces pressants dangers. Ce fut au Palais de Justice que Louis le Gros accomplit l'acte le plus considérable peut-être de la monarchie : l'affranchissement des communes, obstacle insurmontable au morcellement féodal. L'œuvre de Louis XI et de Richelieu était commencée.

L'ordinaire vicissitude des choses humaines entraîna bientôt ce mouvement au delà de ses justes bornes ; après le particularisme des châteaux, on eut à redouter le particularisme des cités ; la fédération changeait de forme et restait menaçante. Mais le cours des événements vainquit heureusement toutes les difficultés.

Dans ce même palais où saint Louis avait promulgué ses *Etablissements*, Philippe-le-Bel convoqua les premiers états généraux, autre fait capital de notre histoire.

Je résiste avec peine à la tentation de montrer ici comment ce progrès fut réalisé sans secousse, comment, en échange d'une certaine immixtion du pouvoir central, fort juste du reste, dans leurs affaires particulières, les communes obtinrent le droit de regarder aux affaires générales ; comment, enfin, la nation recouvra — et non pas acquit — le droit de voter l'impôt, droit considérable, qui suffit encore à la Chambre des communes d'Angleterre pour tout examiner, tout censurer, tout redresser.

La salle des *Pas-Perdus*, autrefois la *Grand'Salle*, avait été édifiée par Enguerrand de Marigny. L'inventeur de la « populace sublimée » la décrit ainsi :

Au-dessus de nos têtes une double voûte en ogive, lambrissée de sculptures de bois, peinte d'azur, fleurdelisée en or ; sous nos pieds, un pavé alternatif de marbre blanc et noir.

A quelques pas de nous, un énorme pilier, puis un autre, puis un autre, en tout sept piliers dans la longueur de la salle, soutenant, au milieu de sa largeur, les retombées de la double voûte.

Autour des quatre premiers piliers, des boutiques de marchands tout étincelantes de verre et de clinquant ; autour des trois derniers, des bancs de bois de chêne usés et polis par le haut-de-chausse des plaideurs et la robe des procureurs.

Alentour de la salle, le long de la haute muraille, entre les portes, entre les croisées, entre les piliers, l'interminable rangée des statues de tous les rois de France, depuis Pharamond ; les rois fainéants, les bras pendants et les yeux baissés ; les rois vaillants et batailleurs, la tête et les mains hardiment levées au ciel. Puis, aux longues fenêtres-ogives, des vitraux aux mille couleurs ; aux larges issues de la salle, de riches portes finement sculptées, et le tout, voûtes, piliers, murailles, chambranles, lambris, portes, statues, recouverts du haut en bas d'une splendide enluminure bleu et or (1).

Philippe le Bel inaugura cette merveille, d'un goût douteux peut-être dans sa magnificence, par huit jours de réjouissances publiques.

Singulier temps que celui-là ! les peuples fêtaient ainsi l'inauguration d'une simple salle de justice, et les rois présidaient ces fêtes. Celle-ci possédait, il est vrai, la fameuse table de marbre, symbole de la puissance souveraine sans aucune ombre de vassalité.

Et là, en effet, à l'avénement de la première branche des Valois fut cité à comparaître le roi d'Angleterre, sujet de France. La dynastie des Plantagenets, sortie de l'Anjou, put bien mettre le royaume de France à deux doigts de sa perte ; elle ne cessa pas d'être sa vassale. La guerre de

(1) Dans *Notre-Dame de Paris*.

cent ans, notre plus terrible épreuve, même en comparaison de nos présents désastres, est venue de cette rivalité de vassal à suzerain.

Nos pères en sont sortis victorieux et plus grands.

La leçon est évidente, et nous n'en tirerons point un enseignement de scepticisme patriotique, comme le faisait un historien devenu ministre de l'instruction publique sous Napoléon III (1). Faut-il comme lui regretter cette victoire? Faut-il se demander si le triomphe de l'Angleterre n'eût pas mieux valu? Cette pensée s'adressant à des hommes paraîtrait un blasphème; destinée à des enfants, c'est plus qu'une faute. Pourtant, toute une génération s'est ainsi formée; et le professeur-ministre n'était-il pas lui-même l'écho de ses maîtres, élevés à l'école de Voltaire, où l'on enseignait que :

(1) Dans la première édition de son histoire de France à l'usage des lycées et colléges, M. Victor Duruy se demande s'il n'eût pas mieux valu que la dynastie angevine eût soumis la France et régné sur elle, comme Guillaume de Normandie avait fait de l'Angleterre. — Et il penche pour l'affirmative.

« Souhaiter la grandeur de son pays, c'est souhaiter du mal à ses voisins. » — L'humanitarisme de la Commune descend en ligne directe de cet humanitarisme d'Arouet.

Revenons au Palais de Justice, où les rois recevaient les hommages des vassaux, où ils fêtaient leurs entrées dans la capitale, leur avénement au trône, leurs mariages, où ils convoquaient les états généraux et les cours plénières.

Là passèrent les tumultes et les cabales qui accompagnèrent les désastres de Crécy et de Poitiers et la captivité du roi Jean. C'est dans la *grand'salle* que le prévôt des marchands, Etienne Marcel, fit égorger sous les yeux du prince Charles, régent du royaume, Robert de Clermont et le maréchal de Champagne. Marcel courut ensuite en place de Grève, à l'Hôtel de Ville, rendre compte au peuple de ce qu'il avait fait. « Ces deux maréchaux, dit-il, étaient deux mauvais traîtres. » — Étrange parole ! qui se transmet comme le mot du crime dans toutes les émeutes. — « Nous avouons le fait et nous vous soutiendrons, crie la multitude ; » et Marcel revint au Palais dire au régent : « Monseigneur, ne vous affligez, ce qui s'est fait s'est fait de la volonté du peuple. » — C'est encore le mot de toutes les minorités révolutionnaires.

Alors ce prince, que la postérité a surnommé le *Sage*, fit bâtir l'hôtel Saint-Paul et abandonna le palais de la Cité. Néanmoins le vieil édifice resta l'un des principaux centres politiques, et Louis XII y conduisait encore les princes étrangers, pour leur faire « admirer le bon ordre de sa justice. »

L'horloge historique[1], connue de tout le monde, est un don de Charles V, restauré par Germain Pilon. De cette tour partit, dans la nuit du 23 au 24 août 1572, le signal de la Saint-Barthélemy, horrible tragédie politique ordonnée par Catherine de Médicis, au nom de la religion, contre l'amiral Coligny, poursuivant le triomphe de ses idées religieuses au nom de la politique, rêvant une fois de plus le morcellement appelé fédération. Richelieu seul parvint à le dompter, moins par ses victoires que par la consécration solennelle de la liberté de conscience.

Le Palais de Justice vit toutes les séditions de la Ligue, et, plus tard, celles de la Fronde.

Là siégeait ce Parlement si grand en beaucoup de choses, véritable dynastie de magistrats, fidèles conservateurs de la tradition et presque tous citoyens de la plus haute vertu. Ils représentaient si bien l'esprit de la France, que les rois, dans les plus grandes cérémonies, portaient la robe ornée d'hermine des premiers présidents. Mais aussi, ce Parlement souverain appelait à sa barre Charles-Quint, empereur d'Allemagne, et lui confisquait par arrêt l'Artois, la Flandre et le Charolais.

Là se personnifiait, pour ainsi dire, le mouvement traditionnel et progressif de la monarchie française et des libertés nationales. Ce mouvement fut arrêté le jour où Louis XIV entra le fouet à la main dans le Parlement. Le vieux conseil, dont le tort, peut-être unique, avait été de vouloir dominer et remplacer même les états généraux, n'exista plus que de nom.

Désormais, le mouvement des libertés publiques est arrêté ; l'ancien régime, la royauté du bon plaisir enveloppe toutes choses de son ombre fatale.

Enfin, dans la *Grand' Chambre* du Parlement, la révolution établit d'abord son tribunal de cassation, puis son tribunal révolutionnaire. La voix de Fouquier-Tinville y troubla la mémoire des l'Hôpital, des d'Aguesseau, des Molé, de tous ces magistrats qui avaient porté si haut la passion de la justice et la vénération du droit. Dans ce lieu où, après nos rois, il était venu tant de souverains étrangers, depuis l'empereur Sigismond jusqu'à Pierre le Grand, une reine de France fut traînée et condamnée, et après elle les Girondins, Charlotte Corday, Madame Roland et l'infâme Du Barry, qui n'eut pas le courage de mourir.

C'est aussi le mercredi que le Palais de Justice a été livré aux flammes. Mais la prompte action des troupes sur ce point a pu limiter le désastre, hélas ! encore assez grand.

En entrant au bureau du greffe par le grand escalier qui conduit à la salle des Pas-Perdus on voit plusieurs des hardis arceaux de la voûte effondrés et les piliers gisant pêle-mêle sur le sol, entièrement calcinés.

La Cour de cassation, la Cour d'assises ne sont aussi que des ruines. Les poternes du vieux château de Saint-Louis sont découronnées ; leur intérieur est en cendres. Du côté de la cour d'appel, on a pu, à force de dévouement et de courage, circonscrire l'action du feu; également, du côté du tribunal de première instance. La Préfecture de police a été incendiée par Ferré lui-même, à la tête d'une bande d'hommes ivres.

L'incomparable perle de l'art gothique, la Sainte-Chapelle, n'a été touchée ni par les flammes, ni par les obus. Elle reste debout, intacte, au milieu de ces ruines, comme un souffle de vie sur le chaos. Elle semble dire aux Français que le temps du rire sceptique et démolisseur est passé; qu'il faut fermer à jamais le siècle de Voltaire ; qu'il ne s'agit plus d'y mettre de la fierté, si nous voulons vivre, car le droit, la justice, la famille, la patrie, ne sauraient exister dans une société sans Dieu.

Voltaire, fils d'Arouet, naquit au coin de la rue de Jérusalem, dans une maison qui dépendait de la Cour des comptes. Les flammes de la révolution ont passé sur ce berceau de la Révolution.

VII

PALAIS DE LA LÉGION D'HONNEUR

Ils ont aussi livré aux flammes le Palais de la Légion d'honneur, non-seulement parce qu'ils ignoraient l'honneur, mais parce qu'ils le méprisaient.

La citoyenne Eudes a donné là de petits dîners intimes, où l'on n'était pas du tout *collet-monté*. Elle s'en vantait, et se proposait un rôle à la Tallien, plus tard, quand la Société aurait été régénérée.

Cette « populace sublimée » conduite par quelques lettrés, vauriens de bas étage, âpres à la jouissance, inscrivait sur son niveau ce mot des *Châtiments* :

L'honneur est un vieux fou dans sa cave muré.

Ils n'étaient point satisfaits d'avoir muré la cave d'où le vieux fou pouvait parler encore ; ils l'ont voulu brûler vif. N'est-ce pas au gouverneur fédéré du palais de la Légion d'honneur que fut expédié de l'Hôtel de Ville cette dépêche : « Repliez-vous, et f..... le feu à *la boîte.* » Certes, ils ont bien fait leur œuvre :

Quand de ses souvenirs la France dépouillée,
Hélas ! aura perdu sa vieille majesté,
Lui disputant encor quelque pourpre souillée,
Ils riront de sa nudité (1).

Et maintenant, ô poëte ! vous défendez ceux que votre génie dans sa fleur avait ainsi prévus et stigmatisés. Est-ce votre vieillesse qui a raison ?

(1) Victor Hugo : *La Bande noire.*

Sans doute, l'hôtel bâti vers le milieu du siècle dernier par le prince de Salm n'avait point un passé bien illustre. Qui connaît aujourd'hui ce prince allemand d'abord courtisan de Louis XV, et, plus tard, courtisan de la Révolution, qui lui fit le sort de Philippe Egalité?

Qui se rappelle le *club de Salm* et l'hôtel mis en loterie, gagné par un garçon coiffeur, acheté par un certain marquis de Boisregard, forçat en rupture de ban? Qui se souvient du séjour de Mme de Staël, déjà suspecte au premier consul? Personne. Pour tout le monde, cette gracieuse et parfaite imitation de l'antique n'était que le palais de la Légion d'honneur, et l'on n'y savait lire autre chose que cette devise inscrite sur la frise du portique corinthien *Honneur et Patrie.*

La Commune, expression dernière de la Révolution, n'a jamais compris, ne comprendra jamais ces deux mots, en quelque pays qu'elle aille porter ses dévastations.

Ces deux mots, dans la langue de nos pères, n'allaient pas l'un sans l'autre. Rien ne les séparait. Le Français était le type de l'honnête homme, aimable dans sa franchise ou rude ou gracieuse. La France était le pays de l'honneur. — « L'humanité nouvelle, » jalouse de ces titres, a poursuivi jusque sur les murailles la trace effacée dans les cœurs :

. ... l'antique honneur de France,
A fui notre âge infortuné.
Des anciennes vertus le crime a pris la place;
Il cache leurs sentiers, comme la ronce efface
Le seuil d'un temple abandonné.

C'était encore une prévision du poëte des *Châtiments*, pauvre gloire éclipsée après un si brillant éclat, et tombée de la hauteur des *Odes* et des *Orientales* aux bas-fonds des *Chansons des rues et des bois*, et de là, jusqu'à cette lettre sans nom qui soufflette la France, par bonté d'âme envers les sauvages de la Commune.

Quelle plus sanglante insulte fut jamais jetée à la face d'un peuple? On ne veut plus des rois et on détruit leurs palais; on ne veut plus de Dieu et on détruit ses temples. Ces choses-là sont dans le cours plus ou moins ordinaire de la folie humaine. On ne veut plus de l'honneur et on détruit la maison de l'honneur. Que reste-t-il alors de l'humanité ?

La vie offerte à la patrie sur le champ de bataille, chimère ! La vie offerte à la souffrance au chevet des malades, chimère ! La vie offerte à la science dans les veilles prolongées, chimère ! La vie offerte au travail sous le poids de la chaleur et du jour, chimère ! Vertu, mérite, dignité, au vent toutes ces choses ! Le soldat n'aura pas sa joie, ni le médecin, ni le savant, ni l'artiste, ni l'ouvrier. Au vent ! L'homme n'aura plus son nom d'homme.

Et de quoi se plaindre après tout? Les disciples sont allés jusqu'à l'extrême des principes de leurs maîtres, les maîtres applaudis de ce siècle, couronnés et fêtés. Combien parmi nous n'ont pas de ces bravos sur la conscience ? Nous avons ri quand ces maîtres, au nom du progrès, faisaient table rase des préjugés de nos pères, quand leurs sarcasmes impitoyables marquaient en se jouant la croyance des vieux jours. Qu'ils s'en désolent aujourd'hui, ce repentir est facile ! L'un d'eux, nanti d'un portefeuille, pourra même en larmoyer tout à son aise devant les représentants de la France ; cela ne prouvera pas qu'il doive continuer à conduire les destinées de notre éducation.

Tels disciples, tels maîtres ! Les uns ont détruit le monument même de l'honneur humain parce que les autres avaient bouleversé la conscience humaine ; ceux-là ont éclairé leur passage des lueurs de l'incendie parce que ceux-ci avaient fait la nuit dans les âmes.

Il faudra régler scrupuleusement ces comptes et rendre à chacun selon ses œuvres.

VIII

LE PALAIS DU QUAI D'ORSAY.

Cette ruine babylonienne était l'un des édifices les plus modernes de Paris. La première pierre en fut posée l'an 1810; il ne fut achevé qu'en 1835. Il dut recevoir d'abord le ministère des affaires étrangères, puis la Cour de cassation, puis la Chambre des députés, les expositions de l'industrie et les ponts et chaussées. On y mit un instant le ministère de l'intérieur, et, en 1840, le

6

Conseil d'Etat, auquel on adjoignit, deux ans après, la Cour des comptes.

Voilà toute l'histoire de ce palais.

Les artistes les plus illustres de ce temps en avaient fait la décoration intérieure : Gendron avait peint douze sujets allégoriques sur la voûte de la salle des Pas-Perdus; Isabey, le port de Marseille dans la salle du Comité de commerce ; dans la salle du Contentieux, Paul Delaroche avait fait la *Mort du président de Renty* ; la grande salle du Conseil avait le *Napoléon Ier législateur* de Flandrin, et la salle du Comité de législation le *Justinien* de Delacroix.

Ces richesses et bien d'autres sont perdues, car l'œuvre de dévastation a été complète.

Mais si la flamme a rongé ces murailles massives, elle ne les a pas ébranlées. Elles pourront en grande partie servir au gros œuvre de la reconstruction. Le regard plonge à travers toutes les fenêtres, à travers toutes les salles, de la base au sommet, jusqu'à la double série superposée d'arcades dont la grande cour intérieure est entourée. L'effet est des plus navrants, surtout quand on porte de là ses regards sur les décombres amoncelés de la rue de Lille et de la rue du Bac.

Là, en effet, vingt-deux maisons gisent sur le sol, complètement démolies. Vingt-deux maisons, c'est-à-dire, peut-être plus de cent cinquante familles dont toutes les espérances sont ruinées, dont le travail depuis longues années est détruit.

Combien s'étaient réfugiés dans les caves, qui ont été asphyxiés, étouffés par la fumée, par cette horrible fumée dont souffraient même ceux qui respiraient à l'air libre!

IX

LE MINISTÈRE DES FINANCES

A lui aussi, il faut une mention particulière. La partie des bâtiments, qu'on appelait le Trésor public, est une des ruines les plus saisissantes de Paris. Est-ce un coin de Pompeï ou d'Herculanum, une page lacérée des vieilles civilisations tout à coup transportée dans la capitale des civilisations nouvelles? Est-ce une illusion? est-ce une réalité?

Ces doubles rangs d'arcades superposées, dépouillées, rongées, presque informes, debout cependant sur un chaos de pierres calcinées, de fers tordus, rompus, de débris de toutes sortes mêlés de charbons et de cendres, hélas ! tout cela est bien sous nos yeux. Ce n'est pas le temps, ce n'est pas une tourmente de la nature, c'est l'homme qui a passé par là.

Certes, le citoyen Lucas a consciencieusement rempli sa tâche : les finances ont bien *flambé*.

L'incendie, qui a duré plusieurs jours, a commencé dans la nuit du 23 au 24 mai. Les faux-pompiers avaient non-seulement tout enduit de pétrole, mais encore disposé de distance en distance des obus qui éclataient à mesure que le feu gagnait. La pierre imbibée n'est plus à cette heure que de la chaux fondant sous la pluie.

Ainsi les précautions prises pour mettre à l'abri de tout danger les titres de la fortune publique ont été inutiles : les voûtes les plus solides, les murailles les plus épaisses, rien n'a résisté. De ces immenses bâtiments, il ne reste guère que le local, à peu près intact, de l'administration des forêts.

Les habitants du quartier ont été admirables de dévouement. Hommes et femmes, tout le monde a payé de sa personne pour se mettre à la chaîne quand les balles et les obus pleuvaient encore. On a pu sauver un assez grand nombre de choses précieuses et de papiers ; fort peu néanmoins en comparaison de l'immense quantité de documents accumulés là depuis le commencement du siècle.

Pas une page n'est restée des archives et de la bibliothèque administrative. Là se trouvait, à peu près dans son entier, la correspondance de Colbert, qui ne comprenait pas moins de deux mille volumes. Avec elle ont été consumés aussi les travaux entrepris pour en faire connaître l'esprit général et les parties saillantes.

Ce cher et grand Colbert, cette gloire si pure, ce fils des petits bourgeois monté par le travail jusqu'aux suprêmes honneurs, lui non plus ne pouvait pas être respecté.

X

COLONNE DE LA PLACE VENDOME

Non loin de là, sur la *place des Conquêtes* Louis XIV, sur la *place des Piques* de la Révolution, sur la place Vendôme de l'empire, on aperçoit le socle d'airain de la fameuse colonne.

A ce même endroit s'est élevée jadis la statue équestre du roi-soleil, œuvre de Girardon, inaugurée en grande pompe en 1699. La Révolution la détruisit en 1792. Depuis le 15 août 1810 jusqu'au 16 mai 1871, le bronze des canons allemands s'est élevé dans les airs.

Jamais, ô monument ! même ivres de leur nombre,
Les étrangers sans peur n'ont passé sous ton ombre;
Leurs pas n'ébranlent point ton bronze souverain.
(1)

Ce qu'ils n'avaient pu tenter sans folie, des Français l'ont accompli. L'Internationale les conduisit à cette œuvre qu'ils ont joyeusement faite au bruit des fanfares avec accompagnement de discours que des Prussiens déguisés étaient venus entendre et applaudir, pendant que les autres sautaient de plaisir à Saint-Denis.

Qui nous lavera de cette honte? La colonne sera relevée, mais la tache restera; on en perpétuera la mémoire. Et il est bon, en effet, que cela passe à nos fils et à nos arrière-neveux. Il est bon que l'on voie le

---

(1) Victor Hugo : *Ode à la Colonne.*

peu de solidité du bronze quand le respect des souvenirs et quand le sentiment même de la vie nationale ont disparu d'un peuple.

Un jour, d'infâmes scélérats mettent la main sur une grande cité qui, plus encore par indifférence que par surprise, ne résiste pas. Puis, apercevant l'erreur, chacun se hâte de sortir ; ceux qui restent courbent la tête en attendant la délivrance. « La populace sublimée » ayant passé son niveau sur les institutions, aboli la famille, fermé les temples et proscrit les prêtres, imposé silence à toute parole courageuse (1), s'attaque alors aux gloires du passé.

---

(1) Qu'il me soit permis d'accomplir ici un acte de justice. Ces études ont été publiées d'abord en *Variétés* dans le journal le *Bien public*.

Un sentiment de délicatesse que chacun comprendra ne me permettait pas de rendre à mon ami, M. H. Vrignault, dans son propre journal, la louange qui lui est si légitiment due pour sa noble et courageuse conduite comme citoyen et comme publiciste.

Le *Bien public* a été l'un des journaux les plus persécutés de la Commune, et son rédacteur en chef, décrété d'accusation, a dû se cacher pendant deux mois. Il n'eût pas été plus épargné que Chaudey et les autres otages. De sa retraite il a continué à combattre de la plume, et, le jour de la délivrance, il faisait partie de la petite troupe héroïque du commandant Durouchoux, mort de ses blessures.

La colonne était faite de canons ennemis ; mais avec l'airain des batailles le sang de la France avait aussi coulé dans la fournaise. Le géant d'Austerlitz la dominait ; mais quelle famille française ne pouvait dire en passant sous cette ombre : J'ai ma part de cette gloire !

Les Vandales sont venus. Ils ont fait à César un lit du fumier, parce que César s'était dit : « la populace sublimée » vit en moi ! Et sur ce fumier tombait aussi la France. Il y avait, dit-on, beaucoup d'honnêtes gens autour de ce spectacle, mornes, attristés, pensifs. N'était-ce pas déjà trop d'être là ?

Mais cette foule houleuse, flottant de la rue de Castiglione à la rue de la Paix, et des Tuileries jusqu'au nouvel Opéra, vingt mille hommes peut-être, se composait surtout de *communeux*, qui riaient du bon tour que la Commune jouait à la réaction. « Une riche idée tout de même que le citoyen Courbet avait eue là ! » Quelle joie, en effet, de répéter cette parole, expression parfaite d'une pensée instinctive à tout ce qui ne peut monter : « Encore un sommet d'abaissé. »

Ils s'en croient plus grands!

Sur la place se trouvaient les privilégiés, appelés à la *fête* par invitation spéciale : des officiers de tous les grades, des députations de tous les comités, de grands cordons maçonniques, les dames de ces messieurs lorgnant, minaudant et paradant aux fenêtres ; aux quatre angles, des musiques saluant d'airs patriotiques le souvenir condamné des anciens triomphes. — Il est cinq heures. Sa Majesté la populace attend depuis deux heures et trépigne d'impatience, demandant, comme au spectacle, le lever du rideau. Enfin paraissent les écharpes rouges de la Commune; les câbles se raidissent, la colonne, creusée à sa base, chancelle, traverse l'air, et tombe avec un bruit sourd, moins intense qu'on ne l'avait supposé. — « *Vive la Commune!* hurle la foule... »

Vainement le maître de « la populace sublimée » a voulu défendre le « monument vengeur » que jadis il avait chanté. Sa voix resta sans écho dans le cœur de ses fidèles.

La Commune acheva l'œuvre, et les lettrés de la bande, en face de l'airain brisé, auraient pu répondre au poëte :

> Cet héritage immense où nos gloires s'entassent,
> Pour les peuples nouveaux qui passent,
> Est trop pesant à soutenir (1).

La nuit était venue. Un honnête homme s'était arrêté devant ces débris et secouait tristement la tête. Des gardes nationaux le saisirent et l'entraînèrent en prison, parce que « il n'avait pas l'air content. »

(1) Victor Hugo, *la Bande noire*.

XI

APRÈS LA BATAILLE

On n'en finirait pas s'il fallait retracer toutes les ruines accumulées par la rage de la destruction, après sept jours de bataille. Il est bien peu de rues à Paris qui n'aient pas été visitées ; chacune a payé sa dette, petite ou grande. Ce que la flamme n'a pas atteint, les balles l'on déchiqueté pour ainsi dire, les obus l'ont broyé.

Il en est qui cherchent « l'aspect pittoresque et charmant » des ruines. Je n'en ai point le courage, et, ce me semble du moins, on n'a guère, en face de pareils tableaux, à rêver poésie. Ceux qui veulent ainsi le gracieux et le charmant dans l'horrible trouvent qu'il n'est pas temps encore de psalmodier des jérémiades et qu'après tout le mal n'est pas si grand. En effet, Paris n'est pas absolument en cendres. Les pertes sont même moins grandes qu'on ne l'avait cru tout d'abord. En vérité! quelques monuments brûlés et quelques collections précieuses de moins; beaucoup de maisons détruites, un plus grand nombre de murailles trouées et des quantités de vitres brisées : est-ce vraiment la peine de tant se désoler? De fait, ces ruines sont charmantes et pleines de pittoresque; c'est même un attrait de plus dont les marchands de photographies tireront grand parti. Mais nos chercheurs de pittoresque n'étaient évidemment pas là quand Paris brûlait, quand l'ouragan de fer et de feu se déchaînait sur nos têtes, quand les femmes et les enfants vivaient dans les caves et que les hommes faisaient la chaîne aux incendies ou secondaient les efforts dévoués de l'armée libératrice.

Ceux qui viendront de leurs départements pour visiter les ruines de la capitale ne se feront jamais une idée de la bataille et de la destruction. Les ouvrages avancés, les portes à pont-levis, les barricades innombrables auront disparu ; les décombres auront été enlevés en grande partie; les volets brisés, les vitres en éclats, les vieilles façades et leurs sculptures trouées et lacérées par les balles et les obus, tout cela sera bientôt réparé. On verra les plus grands désastres sans pouvoir deviner l'horreur de l'ensemble.

J'ai parcouru et visité tout Paris ; j'ai suivi pas à pas toutes les phases de la lutte, depuis Asnières, Saint-Cloud et Neuilly, véritables amas de décombres qu'il faut renoncer à décrire. Dans l'enceinte même, le Point-du-Jour, Auteuil, Passy, la Muette, autrefois si riants et si pleins de chansons, ne sont pas moins dévastés; la verdure et le feuillage y paraissent maintenant comme un voile sombre jeté par indulgence sur une face horriblement mutilée.

Au lendemain de la bataille, les avenues, les Champs-Elysées, les boulevards étaient jonchés de branches d'arbres et de feuilles coupées et hachées par les balles, de troncs rompus par les boulets et obus, de becs de gaz tordus, brisés et renversés, de kiosques éventrés.

De la porte Maillot à l'Arc-de-l'Etoile, pas une maison qui n'ait été atteinte ; l'arc triomphal porte de nombreuses cicatrices : aucune cependant n'est grave, du moins sur la face qui regarde Paris. Sur la façade qui regarde Courbevoie, le grand bas-relief trophée d'Etex, la *Résistance*, a reçu trois obus ; le groupe de la *Paix* n'a reçu qu'un éclat. Çà et là, quelques traces de balles dans les bas-reliefs qui représentent le *Passage du pont d'Arcole* et la *Prise d'Alexandrie*, dans la frise du grand entablement, dans les tympans du grand arc (1). En somme,

(1) J'emprunte la nomenclature de ces dégâts aux remarquables articles de M. Marius Chaumelin, dans le *Bien public*.

rien d'irréparable. Le chef-d'œuvre de Rude, la *Marseillaise*, est tout à fait intact.

Le citoyen Courbet, ayant fait abattre la colonne, avait aussi rêvé, avec bien d'autres choses, la destruction du Palais-de-l'Industrie. Ce chef d'école, posant en sectaire, ou ce sectaire posant en chef d'école — je ne sais au juste lequel des deux, — ne voulait pas que la mémoire des expositions annuelles de peinture pût subsister. A quoi bon ! la France n'avait-elle pas une peinture ? Lui. — Les obus et les balles, à défaut de pétrole, n'ont point tout à fait rempli le désir de M. Courbet, bien qu'ils fussent lancés à bonne portée, de la terrasse des Tuileries.

Les vitraux de la grande nef n'ont pas été sérieusement mutilés. Le bas-relief du pavillon central, représentant l'Industrie et les Arts apportant leurs produits à l'Exposition universelle, a quelques figures endommagées; aussi, le groupe colossal de Diebolt, *La France offrant des couronnes à l'Art et à l'Industrie*.

Un regard, en passant de l'autre côté de l'eau au Ministère des affaires étrangères. La façade en a été sérieusement frappée. On a tiré sur elle de la terrasse des Tuileries et d'une canonnière embossée sous le Pont-Royal, dans l'intention évidente de démolir. Les colonnes doriques et ioniques superposées sont brisées en partie avec les quinze médaillons de marbre blanc qui portaient les armes des principales puissances. Les appartements de ce côté ont beaucoup souffert, notamment le *Salon des Ambassadeurs* où se tint, en 1856, le Congrès de Paris.

Le dôme des Invalides : il a couru les plus grands dangers. Des mines étaient préparées de tous les côtés ; mais grâce à la présence d'esprit du jeune officier qui s'est emparé de la direction des lignes télégraphiques, on a pu, en continuant à recevoir pendant plus d'une heure les ordres du Comité de salut public, découvrir la position des mines et couper les fils qui devaient déterminer l'explosion.

Aujourd'hui, la place de la Concorde est complétement déblayée. Alors, quand cessa le bruit de la fusillade et du canon, c'était un véritable lieu d'horreur. Au milieu de débris informes de candélabres, de balustres de granit, de pierres broyées, d'asphalte et de terre ; au milieu des néréides et des tritons mutilés, l'obélisque de Louqsor se dressait implacable en face du squelette balafré et noirci du vieux palais.

« Je suis venu, semblait-il dire, de la terre fameuse où vécurent les plus anciennes civilisations ; j'en ai vu naître et mourir. Je me reposais là-bas, dans ma solitude, près des ruines colossales. Ai-je donc été transplanté dans la cité bruyante pour la voir s'éteindre comme Thèbes et Memphis ? Sphinx, mon frère, réponds-moi ? »

On dit, en effet, qu'un caprice étrange de l'incendie a dessiné sur un point de l'Hôtel de Ville la silhouette très-précise et très-marquée d'un Sphinx. Que cette figure soit à l'Hôtel de Ville ou aux Tuileries, qu'importe ! le Sphinx est partout, sur le plus riche palais et sur la plus humble pierre de Paris brûlé.

Là, se pose à chaque pas la question qui nous presse, et dont l'avenir garde le secret.

En face de ces ruines, au pied de l'obélisque, je me suis rappelé cette ode de Victor Hugo à la Muse de l'Histoire, écrite en 1823 au souvenir de 1793 :

I

Le sort des nations, comme une mer profonde,
A ses écueils cachés et ses gouffres mouvants.
Aveugle qui ne voit, dans les destins du monde
Que le combat des flots sous la lutte des vents!

Un souffle immense et fort domine ces tempêtes.
Un rayon du ciel plonge à travers cette nuit.
Quand l'homme aux cris de mort mêle le cri des fêtes,
Une secrète voix parle dans ce vain bruit.

Les siècles tour à tour, ces gigantesques frères,
Différents par leur sort, semblables par leurs vœux,
Trouvent un but pareil par des routes contraires,
Et leurs fanaux divers brillent des mêmes feux.

II

Muse, il n'est point de temps que tes regards n'embrassent ;
Tu suis dans l'avenir leur cercle paternel ;
Car les jours, et les ans, et les siècles ne tracent
Qu'un sillon passager dans le fleuve éternel.

Bourreaux, n'en doutez pas : n'en doutez pas, victimes !
Elle porte en tous lieux son immortel flambeau,
Plane au sommet des monts, plonge au fond des abîmes,
Et souvent fonde un temple où manquait un tombeau.

Elle apporte leur palme aux héros qui succombent,
Du char des conquérants brise le frêle essieu,
Marche en rêvant au bruit des empires qui tombent,
Et dans tous chemins montre les pas de Dieu.

Du vieux palais des temps elle pose le faîte ;
Les siècles à sa voix viennent se réunir ;
Sa main, comme un captif honteux de sa défaite,
Traîne tout le passé jusque dans l'avenir.

Recueillant les débris du monde en ces naufrages,
Son œil de mers en mers suit le vaste vaisseau,
Et sait voir tout ensemble, aux deux bornes des âges,
Et la première tombe et le dernier berceau !

A l'extrémité de la place, à l'entrée de la rue de Rivoli et de la rue Royale, se dressaient encore, labourées par les boulets et la mitraille, les barricades géantes, œuvres du citoyen Gaillard père. Un peu en avant, la statue de Lille gisait sur le sol, entièrement brisée, « image, a dit quelqu'un, de la patrie déchirée, torturée par des mains cri minelles. » C'était une œuvre de Pradier. — La statue ou la barricade, c'est-à-dire la civilisation ou la barbarie. C'est à choisir.

Huit maisons sont tombées rue Royale. Sur les murs mitoyens restés debout, on aperçoit, çà et là, les caprices de l'incendie : une glace simplement brunie par la flamme; un lambeau d'étoffe, une pendule sur une cheminée, des ustensiles régulièrement accrochés. Les mêmes bizarreries se sont reproduites presque partout. Au Ministère des finances, on a pu voir un petit rideau de soie verte flotter intact à une fenêtre. A la Cour de cassation, les incendiaires réunissent des meubles sur la grande table de la bibliothèque, les arrosent de pétrole, mettent le feu et se retirent en fermant la porte. Le bûcher se consume et s'éteint en tombant sur le parquet. La bibliothèque était sauvée! Près de la Bastille, une maison entière est dévorée à l'exception du quatrième étage, qui reste à peine léché par les flammes.

Rue de Rivoli, douze maisons ont été détruites; quatre, boulevard Sébastopol ; deux, boulevard Beaumarchais; une, rue du Temple; quatre, boulevard Richard-le-Noir;

deux, place du Louvre ; cinq, rue St-Martin; huit, aux abords de l'Hôtel de Ville ; quinze, rue de Lille ; sept, rue du Bac ; une, au carrefour de la Croix-Rouge; quatre, rue Vavin; deux, rue Notre-Dame-des-Champs : vingt, rue de la Roquette. Il y en a d'autres encore qui probablement m'échappent.

Et je ne parle ici que des maisons tout à fait détruites, sans y comprendre les quartiers d'Auteuil et de Passy. — S'il fallait énumérer les autres, on en ferait une interminable liste. En joignant les grosses pertes à celle des monuments publics, c'est à deux cent cinquante millions au moins qu'il faut évaluer les dégâts matériels. Il serait impossible d'évaluer, même approximativement, les pertes artistiques.

Des églises de Paris, Saint-Eustache est celle qui a le plus souffert. Un commencement d'incendie s'était même déclaré dans les combles. Il a pu être maitrisé. A Notre-Dame, les insurgés avaient allumé trois brasiers heureusement découverts ; à Saint-Germain-l'Auxerrois, à Saint-Sulpice, au Luxembourg, des tentatives, également infructueuses, ont été faites. Mais les obus et les balles ont frappé partout indistinctement, sculptures ou grosses-œuvres. On ne comprendra jamais, sans l'avoir vu, ce spectacle de Paris entier couvert de débris de vitres, de bois, de pierre, de marbres, arrachés de partout, par gros et petits morceaux, de toutes les murailles, maisons modestes ou riches et édifices somptueux, atteints comme d'une variole immense.

A la Madeleine, les balles ont assez fortement endommagé la double colonnade du péristyle ; mais le fronton sculpté de Lemaire n'a eu qu'une blessure sans importance.

A la Trinité, la façade a beaucoup souffert. Les fédérés, de leur barricade à l'entrée de la Chaussée d'Antin, n'ont cessé de la bombarder pendant plusieurs heures. Ils auraient pu la démolir entièrement. Les trois statues qui surmontent les fontaines n'ont pas eu la moindre égratignure.

Les peintures de Notre-Dame de Lorette, de Saint-Germain l'Auxerrois et de Saint-

Germain des Prés ont été épargnées. Le Val de Grâce, l'institution des Sourds-Muets, la Monnaie, la façade de l'annexe des Beaux-Arts ont été absolument criblés par les balles. Les verrières de Saint-Jacques du Haut-Pas ont été brisées. Au Luxembourg, les magnifiques serres à camélias n'existent plus; et la gracieuse fontaine de Médicis elle-même a été assez éprouvée.

A l'arc de triomphe de la Porte Saint-Denis, le bas-relief trophée représentant le Rhin appuyé sur un gouvernail a été mutilé. Un obus a enlevé le gouvernail et le bras qui le tenait. L'autre bas-relief représentant la Hollande éplorée et vaincue porte aussi quelques traces de balles, de même que les Renommées des tympans de l'arcade. — A l'arc de triomphe de la Porte Saint-Martin, les bas-reliefs représentant la *prise de Limbourg* et la *défaite des Allemands* de le Hongre et de Legros père, ont eu également à souffrir.

Le bruit du canon avait cessé, la fusillade s'était éteinte ; tous ceux des insurgés qui n'avaient pas été tués sur les barricades étaient prisonniers; un nombre relativement petit avait pu s'enfuir.

Plus acharnées que les hommes, les *pétroleuses* parcouraient encore les rues, cachant des fioles de pétrole sous leurs vêtements, ou les faisant porter par de petits enfants qu'elles conduisaient. Il fallut boucher tous les soupiraux des caves, des égouts et jusqu'aux moindres fissures par où ces mégères indomptables pouvaient glisser le liquide incendiaire. Il fallut prohiber la vente du pétrole, qui doit être désormais considéré comme marchandise de guerre et de destruction.

L'heure de justice avait sonné, l'armée avait jusqu'au bout fait son devoir avec un dévouement admirable. La prudence des chefs et l'élan des soldats avaient en huit jours, depuis le premier pas dans l'enceinte jusqu'au dernier coup de feu tiré à Belleville, dompté et écrasé cette insurrection sans exemple au monde. Le maréchal Mac-Mahon pouvait adresser à la population honnête de Paris, c'est-à-dire à la grande majorité, un instant trop faible, comme le sont, hélas !

les honnêtes gens, cette proclamation d'une noble simplicité :

« Habitants de Paris,

« L'armée de la France est venue vous sauver,

« Paris est délivré,

« Nos soldats ont enlevé, à quatre heures, les dernières positions occupées par les insurgés.

« Aujourd'hui, la lutte est terminée ; l'ordre, le travail et la sécurité vont renaître.

« Au quartier général, le 28 mai 1871. »

Certes, la population de Paris ne marchandait ni son admiration, ni sa reconnaissance à l'armée libératrice, Et cependant, dans la joie même de la délivrance quelle tristesse au fond et quelles appréhensions de l'avenir? Chaque ruine, chaque maison dévastée et brûlée apparaissait à tous les yeux clairvoyants comme un formidable point d'interrogation. Le père de famille tenant son enfant par la main pour *aller voir* ces pierres noircies, ces murailles écroulées jonchant à chaque pas la cité, se demandait quel lendemain il léguerait à cette pauvre petite fleur à peine éclose et destinée peut-être à de terribles ouragans.

Je ne crains pas de l'affirmer : Paris, courbé pendant deux mois sous un joug aussi avilissant que tyrannique, dominé par des hommes qui n'avaient pas de nom dans la langue sociale, ou plutôt qui en avaient un dont les plus avilis rougissent, Paris n'était pas triste de cette douleur passée, de cette oppression, semblable à l'oppression d'un cauchemar : il était triste des choses futures.

Eh ! sans doute, en des temps plus ou moins rapprochés, l'Hôtel de Ville, les Tuileries, le Palais-Royal, toutes les grandes ruines seront relevées. Mais la pierre blanche et le marbre nouveau feront songer à la pierre brunie, au marbre ancien, et l'on se demandera si, dans ces sociétés ballottées au vent de toutes les utopies, ou innocentes ou coupables, un jour ne viendra pas, jour des ruines maudites qu'aucune main ne restaurera jamais. Et l'on se demandera si la vie sociale ne se retirera pas de cette Europe qui s'obstine à ne pas ouvrir les yeux, qui se croit assez forte pour marcher d'un pas assuré aux abords du volcan, sans tomber morte dans le cratère. Et l'on se demandera si quelque voyageur des îles lointaines ne viendra pas dans la solitude où fut Paris, s'asseoir sur une arche brisée du Pont-Neuf pour dessiner les ruines de Notre-Dame ou du Louvre.

Sunt lacrymæ rerum.

Oui ! désolons-nous de ces ruines. Elles sont à la fois une menace et un signe d'espérance. Une menace ! si nous ne comprenons pas la terrible leçon qu'elles renferment ; un signe d'espérance ! si nous savons conclure de cette destruction matérielle la nécessité d'une renaissance morale.

Autrement, les édifices seraient en vain relevés, la menace subsisterait terrible, toujours présente ; ce que nous avons vu serait à peine une réduction de ce que nous-mêmes encore ou nos enfants pourrions voir.

Ne nous dissimulons pas ce qui est un fait : les vieux âges sont finis. Le monde est dans la fournaise, non pour recommencer ce qui est détruit, mais pour faire un nouvel œuvre où le passé ne subsistera que par l'expression des vérités éternelles dont se compose l'essence même de la vie des peuples.

Si le progrès transforme incessamment les sociétés, l'humanité ne change pas. Les lois fondamentales se retrouvent encore, même chez les peuples les plus abaissés, où l'on n'aperçoit plus que les derniers linéaments de l'être humain.

L'enfant au berceau, l'homme dans sa force, le vieillard sur le déclin ne sont-ils pas le même homme? Pourrait-on changer sa nature et la jeter, en quelque sorte, dans un autre moule? Le progrès de sa vie n'est-il pas contenu dans l'application même des lois qui la gouvernent? Les époques critiques sont-elles autre chose qu'un mouvement plus brusque qui précipite le développement normal ou force l'être à rentrer dans la loi oubliée, sinon à mourir?

Tout cela est-il vrai de l'homme? Est-ce

vrai de l'être moral, comme de l'organisation physique?

Oui, cela est vrai. Cela est vrai pour l'homme; aussi, et plus encore, pour l'humanité.

Or, c'est une loi de l'humanité proclamée par l'histoire : quand une société s'émeut au contact des idées, on ne supprime pas l'émotion en les proscrivant, mais en les étudiant, en les dégageant des scories, en les reprenant aux ambitieux, aux déclassés, aux pervers, pour les montrer radieuses aux ignorants et aux égarés. Une fois entrées dans le courant vital, ces idées-là n'en sortent plus; elles vont avec une irrésistible logique au dénouement; elles provoquent une crise. Si la loi l'emporte, on vit; si elle est définitivement vaincue, on meurt. C'est-à-dire, pour les peuples, on descend plus ou moins à ces bas-fonds de l'humanité qu'on appelle l'état sauvage.

Le mouvement démocratique et social du XIXe siècle est le plus immense mouvement que le monde ait vu depuis l'établissement du christianisme. Cette heure est solennelle dans la vie de l'humanité.

Par l'effet d'un courant, en quelque sorte électrique, toucher secret de la Providence auquel a répondu le tressaillement de notre époque, les masses ont vu, ou plutôt elles ont senti dans chaque individualité leur isolement, leur dénûment, leur pauvreté. Le soleil n'éclairait que leur souffrance; et, dans leur cœur dévasté, le XVIIIe siècle les ayant empoisonnées de son rire, elles cherchaient vainement un rayon d'espérance.

Oui! en ce siècle, le géant s'est levé, et comme il avait faim : Qui me donnera le pain, dit-il, le pain de l'âme avec le pain du corps? — On ne l'a pas compris : on l'a regardé avec surprise : que demandes-tu? ô géant! Tout n'est-il pas bien? Peux-tu désirer mieux que tu n'as? La philanthropie — car on ne disait plus la charité — ne met-elle pas à ton service les inépuisables ressources de son génie? — Et, pendant qu'on parlait ainsi, d'autres sont venus. Et ils ont dit au géant: Tu es faible, isolé, nous te donnerons l'union qui fait la force; tu es pauvre, pauvre de l'injustice de ceux qui possèdent, nous te donnerons leurs biens, que tu partageras. N'es-tu pas leur égal ? N'as-tu pas droit à ta part en ce festin? Va donc, les portes s'ouvrent; assieds-toi; ta place est marquée !

Et c'est ainsi que l'immense erreur, socialiste et communiste, si grosse encore d'orages et de tempêtes, a pris la place de ce mouvement vital, de ce progrès fondé sur les principes éternels enseignés par le christianisme, sur les bases nécessaires de la véritable humanité.

On le sait, par les déclarations mêmes qu'elle a eu l'audace de faire après la chute de la Commune, l'*Internationale* a été le grand agent des crimes commis. « L'incendie de Paris, a-t-elle dit, nous en acceptons la responsabilité. La vieille société doit périr. Elle périra. Un effort gigantesque l'a déjà ébranlée, un dernier effort doit la jeter à bas. » La même pensée se dégage de toutes les paroles sympathiques envoyées aux incendiaires par les comités internationaux d'Angleterre, de Belgique, de Suisse, d'Allemagne et d'Autriche. La conspiration que cette association dirige contre l'ordre social est universelle, en ce sens qu'elle recrute partout le concours des natures mauvaises et malsaines qui grouillent dans les bas-fonds sociaux. C'est avec ces éléments que l'*Internationale* prétend régénérer l'humanité. Et sur quelles bases, grand Dieu!

La législation directe du peuple par le peuple;

L'abolition du droit d'hérédité individuelle pour les capitaux et les instruments de travail;

L'entrée du sol à la propriété collective;

L'abolition des cultes;

La substitution de la science à la foi, et de la justice humaine à la justice divine.

L'abolition du mariage, et, par conséquent, de la famille.

La preuve de ces doctrines est-elle assez bien faite? Faudra-t-il encore d'autres secousses pour faire comprendre qu'elles sont la négation du progrès et que cette régénération sociale est la négation même de la Société, c'est-à-dire de l'humanité ?

« Le dernier mot de leur système ne peut être que l'effroyable despotisme d'un petit nombre de chefs s'imposant à une multitude courbée sous le joug du communisme, subissant toutes les servitudes jusqu'à la plus odieuse, celle de la conscience, n'ayant plus ni foyer, ni champ, ni épargne, ni prière, réduite à un immense atelier, conduite par la terreur et contrainte administrativement à chasser de son cœur Dieu et la famille (1). »

Oui ! devant ces ruines, il faut comprendre le danger qui nous a menacés, qui a menacé la France la première, parce que la France est toujours à l'avant-garde de la civilisation, et que la France abattue, c'est le monde fait esclave. Il faut se persuader de la nécessité d'une réforme sociale, abandonner le rire sceptique des sociétés qui tom-

---

(1) Circulaire de M. Jules Favre.

bent et par la liberté, qui est le moyen et non pas le but, qui est la marche et non pas le terme, qui est plus encore un devoir qu'un droit, aller aux vrais progrès, à la véritable renaissance morale.

Faut-il décidément, oui ou non — dit M. Alexandre Dumas fils dans la lettre admirable qu'il vient d'écrire à ce sujet — qu'il y ait un Dieu, une morale, une société, une famille, une solidarité humaine? L'homme doit-il travailler, savoir, progresser? La femme doit-elle être respectée, ralliée, associée? La vérité est-elle le but? la justice est-elle le moyen? le bien est-il absolu?

Oui! oui! mille fois oui!

Les Etats, les sociétés, les gouvernements, les familles, les individus peuvent-ils, pour être valables, durables et féconds, se passer de ces éléments?

Non! non! mille fois non!

Alors il faut que cela soit ainsi et que soient exterminés tous ceux qui ne voudront pas que cela soit, fussent-ils nos frères! fussent-ils nos fils!

Tous au travail pour cette œuvre! Le salut est là, seulement!

Sinon garde sur ton visage, ô patrie! la mutilation des monstres que tu as portés. Et vous, Parisiens, ne relevez pas vos édifices destinés à de nouvelles et plus terribles visites de la Révolution.

NOTES JUSTIFICATIVES.

On lira sans doute avec intérêt quelques documents qui complètent les documents déjà transcrits.

La question des liquides préoccupait beaucoup la Commune, car les fédérés en faisaient une effrayante consommation. Il s'en débitait de toutes les qualités. L'*Officiel* de Versailles a déclaré que des barriques de vin prises sur les fédérés avaient été altérées au moyen de tabac et d'autres drogues excitantes.

Arrêté de Cluseret, délégué à la guerre : tous les jours, un échantillon de deux décilitres du vin consommé dans un des casernements ou campements de la garde nationale sera fourni au ministère de la guerre (cabinet du délégué à la guerre).

Le sous-chef d'état-major le fera prendre tantôt dans un poste, tantôt dans un autre.

Ordre aux marchands de vin habitant Levallois, Clichy et Saint-Ouen, de fermer leurs établissements *à partir de deux heures* (?), sous peine de poursuites rigoureuses de l'administration militaire.

Cela n'empêcha pas les fédérés de boire le vin de la Commune et celui des débitants

La moralité publique n'existait plus. A propos de la solde, un avis de la commission exécutive informe que l'indemnité est accordée aux femmes des gardes nationaux *légitimes ou illégitimes, sans distinction.*

Avis du chef de la 3e légion, Espinoy, au citoyen délégué à la mairie dudit arrondissement.

Indemnité aux femmes, légitimes ou non, des gardes nationaux.

J'ai l'honneur de vous annoncer qu'en exécution d'un arrêté du délégué à la guerre, les sergents-majors doivent donner l'indemnité à toutes les femmes, *légitimes ou non*, des gardes nationaux qui remplissent leurs devoirs de citoyens.

Salut et fraternité.

10 avril. — DÉCRET *en faveur des veuves des fédérés.* — Art. 1er. Une pension de 600 fr. sera accordée à la femme du garde national tué pour la défense des droits du peuple, après enquête qui établira ses droits et ses besoins.

Art. 2. Chacun des enfants, *reconnus ou non*, recevra, jusqu'à l'âge de dix-huit ans, une pension annuelle de 365 francs, payable par douzièmes.

Art. 3. Dans le cas où les enfants seraient déjà privés de leur mère, ils seront élevés aux frais de la Commune, qui leur fera donner l'éducation intégrale nécessaire pour être en mesure de se suffire dans la société.

Art. 4. Les ascendants, père, mère, frère et sœur de tout citoyen mort pour la défense des droits de Paris, et qui prouveront que le défunt était pour eux un soutien nécessaire pourront être admis à recevoir une pension proportionnelle à leurs besoins, dans les limites de 100 à 800 francs par personne.

20 avril. — DÉCRET. Les papiers, valeurs mobilières, effets de nature quelconque appartenant aux personnes arrêtées et dont la saisie aura été effectuée seront déposés à la caisse des dépôts et consignations. Les pièces à conviction seront adressées au délégué à la police.

Jamais on n'a rien déposé ; tout était probablement pièce à conviction.

30 mars. — Commune de Paris. — *Ordre du Comité central à l'officier qui commande le bataillon de garde Ouest-Ceinture.*

« Faire arrêter tous les trains se dirigeant sur Paris à Ouest-Ceinture.

« Mettre un homme énergique à ce poste jour et nuit. Cet homme devra avoir une poutre pour monter la garde. *A l'arrivée de chaque train, il devra faire dérailler le train s'il ne s'arrête pas.*

« HENRI, chef de légion. »

Paris, le 25 floréal an 79.

ARRÊTÉ *du Comité de salut public.* — Art. 1er. Tous les trains, soit de voyageurs, soit de marchandises, de jour et de nuit, se dirigeant sur Paris, par une ligne quelconque, devront s'arrêter hors de l'enceinte, au point où est établi le dernier poste avancé de la garde nationale.

Art. 2. Aucun train ne pourra dépasser la limite précitée sans avoir été préalablement visité par l'un des commissaires de police délégués à cet effet.

Art. 3. Les travaux nécessaires seront immédiatement exécutés à la hauteur de l'enceinte, pour être en mesure *de détruire instantanément tout train qui essayerait de forcer la consigne.*

AVIS. — *Délégation scientifique.*

Les possesseurs de phosphore et produits chimiques qui n'ont pas répondu à l'appel du *Journal officiel* s'exposent à une saisie immédiate de ces produits.

Le membre de la Commune,
chef de la délégation scientifique,
PARISEL.

Avis. — La délégation scientifique acceptera tous les jours, de huit heures à onze heures du matin, les soumissions de sulfure de carbone qui lui seront faites.

Ordre. — Faire détruire immédiatement toute maison par les fenêtres de laquelle on aura tiré sur la garde nationale, et passer par les armes tous ses habitants, s'ils ne livrent ou n'exécutent eux-mêmes les auteurs de ce crime.

4 prairial, an 79 (21 mai, 9 heures du soir).

La Commission de la guerre.

Paris. — Imp. de Dubuisson et Cᵉ, rue Coq Héron, 5

www.ingramcontent.com/pod-product-compliance
Ingram Content Group UK Ltd.
Pitfield, Milton Keynes, MK11 3LW, UK
UKHW012042240726
13965UKWH00003B/973